“흐와아아아아아!”
발밑의 모래가 썰물에 쓸려 갔다가
밀려오는 감촉에 신이 나서
천진난만하게 외치는 라티나를
데일은 완전히 『딸바보 모드』 심정으로
지켜보았다.

작은 아가씨,
귀여운 토끼를 발견한 결과—.

"반했어.
결혼하자."
"뭐래?
회까닥했어?"

우리 딸을 위해서라면, 나는 마왕도 쓰러뜨릴 수 있을지 몰라. 9

For my daughter, I might defeat even the archenemy.

저자 CHIROLU

일러스트 Kei

옮긴이 송재희

For my daughter,
I might defeat even the archenemy.

Contents

1. 이야기가 끝난 후의 사소한 이야기.

티스로우에서 결혼식을 올린 후, 데일과 라티나는 크로이츠까지 돌아가는 길에 짧은 여행을 하기로 계획했다. 충실한 멍멍이 빈트도 동행하므로 단둘만의 신혼여행은 아니었지만, 멍멍이는 멍멍이라서 인수에 포함하기도 뭣해 방해꾼이라고 하기도 미묘했다.

하지만 멍멍이를 동행시킨 것에는 분명한 이유가 있었다.

예전에 데일은 라티나와 함께 고향까지 여행했을 때, 짐말을 준비했다. 마수나 도적 등의 적과 교전할 시 앞에 나서게 되는 데일의 동작을 짐이 방해하는 사태가 벌어지면 안 되기 때문이었다.

그러나 이번에 데일은 대형 배낭으로 직접 짐을 옮겼다.

『마족』이 되면서 엄청난 능력을 가진 지금의 데일은 짐의 무게 때문에 피폐해질 일이 없었다. 순간적인 사태가 벌어지면 짐을 버려 몸을 가볍게 해야겠지만, 기척 감지에 관해서는 인간보다 훨씬 예민한 감각을 지닌 빈트가 동행하는 이점은 컸다. 게다가 빈트는 공격 능력을 가지고 있다. 데일이 짐을 버릴 시간과 라티나가 방어 마법을 전개할 시간을 벌어 줄 수 있었다.

신혼의 다디단 분위기를 해치지 않는 호위.

데일과 라티나가 빈트의 동행을 거절할 이유가 없었다.

"이대로 서쪽으로 가면 크발레가 있지만."

데일이 범춰 서서 그렇게 라티나에게 말한 것은 티스로우에서 이어진 산길을 빠져나와 바다 옆 가도까지 왔을 때였다. 이대로 곧장 크로이츠로 돌아가는 길을 따라가면 예전에 방문한 적 있는 항구 도시 크발레가 나온다.

"응."

눈을 가늘게 뜨고서 햇빛을 반짝반짝 반사하는 해수면을 바라보며 바닷바람에 모자가 날아가지 않게 누른 라티나가 대답했다. 티스로우의 전통적 의장인 화초 문양이 들어간 리본이 바람에 나부꼈다.

"이번에는 조금 동쪽에 들렀다 갈까 해. 크발레와는 다른 의미에서 관광객을 모으는 곳이 있어."

"그래……?"

의미심장한 데일의 말투에 아래쪽에서 들여다보듯 데일의 얼굴을 본 라티나가 고개를 갸웃했다.

"가기 전까지 안 알려 줄 거야?"

"그럴 생각은 없었지만, 라티나가 그러길 원한다면 조금 더 비밀로 해 둘까."

물어보는 라티나에게 데일은 웃으며 대답했다.

"그렇구나. 기대돼!"

활짝 웃으며 대답하는 라티나의 모습도 그렇고, 달달하기 그지없는 두 사람의 분위기에 찬물을 끼얹은 것은 또 다른 동행자 **한 마리**였다.

"고기, 있어?"

"바다 근처니까 생선도 있을 거야."

"고기~."

"나는 생선이 더 기대되는데……."

라티나의 의식이 식욕 쪽으로 가면서 달달한 분위기는 무산되었다. 이 중화 작용을 담당하는 빈트는 여러 가지 의미에서 역시 유능했다.

모르는 길이지만 라티나와 빈트의 발걸음에 불안은 없었다.

바다를 따라 정비된 가도를 천천히 걸었다. 데일은 그렇다 쳐도, 라티나와 빈트도 피로를 호소하는 일 없이 나아갔다. 그때 갑자기 라티나의 발걸음이 느려졌음을 데일은 알아차렸다.

"응?"

그녀가 경치에 정신을 빼앗겨 발걸음이 느려지는 것은 드문 일이 아니지만 그렇다고 해도 페이스가 너무 느렸다. 이상하다는 생각에 관찰을 계속해 보니 라티나는 눈앞에 펼쳐진 모래사장에 들뜬 것 같았다.

"……아아. 그러고 보니 지금까지는 계속 바위밭이라 해변에 다가가질 못했지."

"있지, 그림책 등에 적혀 있었으니까 지식으로는 알지만…… 바다는 정말로 짜?"

"거기서부터인가…… 뭐, 그렇겠지. 전에 왔을 때도 바라보기만 했었고."

선조 지대인 바실리오에서 태어나 외벽에 둘러싸인 크로이츠에서 자란 라티나에게는 수평선까지 파랑 일색인 망망대해 자체가 신기하게 느껴질 것이다.

"그럼 잠깐 해변에 가 볼래?"

"그래도 돼?"

"넘어져서 옷 젖지 않게 조심해."

데일이 반사적으로 『보호자』로서 주의시키고 만 것은 「물가로 다가간 아이는 꼭 넘어진단 말이지」 하는 생각이 내심 들었기 때문이었다. 신기하게도 갈아입을 옷이 없을 때만 꼭 흠뻑 젖게 된다. 고향에서 어린아이들을 돌볼 때의 경험으로 얻은 법칙이었다.

그런 데일의 말을 듣고 라티나는 조금 부루퉁해졌다.

"데일, 뭔가 실례되는 생각 했지."

새색시로서 『어린애 취급』은 간과할 수 없었다.

하지만 그녀의 기분은 가도에서 모래사장으로 내려오자 순식간에 좋아졌다.

"우와아아아!"

감격하여 외치며 파도가 밀려드는 곳으로 뛰어갔다. 하지만 라티나는 도중에 휙 몸을 돌리더니 가도 근처에 있는 데일 곁으로 돌아왔다.

"왜?"

"으음. 주변에 아무도 없지?"
두리번두리번 주위를 살펴서 오가는 사람이 별로 없음을 확인한 라티나는 부랴부랴 부츠를 벗었다. 잠시 주저했으나 긴바지에서도 다리를 쑥 뺐다.
어안이 벙벙해진 데일이 말릴 새도 없는 갑작스러운 행동이었다.
바지를 벗긴 했지만 그녀는 튜닉을 입고 있어서 속옷이 보이지는 않았다. 그러나 평소에는 보여 주지 않는 흰 다리가 대담하게 드러난 모습은 상당히 선정적이었다.
"라티……."
"잠깐만 바닷속에 들어갔다 올게!"
그때 라티나의 눈은 엄청나게 반짝거리고 있었다.
나무라려던 데일이 도중에 말을 삼켜 버릴 만큼 빛나고 있었다.
'……역시 이렇게 되는 건가.'
원래 라티나는 수치심이 강했다. 그런데 지금은 흥분 앞에서 이런저런 굴레를 벗어던진 것 같았다. 호기심이 이는 것이나 흥미로운 것에 척척 돌진해 버리는 성질은 예나 지금이나 변함없었다. 그리고 데일 자신도 이렇게 되리라고 어렴풋이 헤아리고 있었다.
『어린애 취급』을 못마땅하게 여기면서도 이런 모습은 어릴 때와 똑같았다.
"흐와아아아아아!"
발밑의 모래가 썰물에 쓸려 갔다가 밀려오는 감촉에 신이 나서 천진난만하게 외치는 라티나를 데일은 완전히 『딸바보 모드』 심정으로 지켜보았다.

참고로 라티나는 수영을 못 했다.

만약 더욱 선정적인 수영복 차림을 선보였다면 데일은 즉각 『딸 바보 모드』를 종료했겠지만, 수영을 못 하는 그녀는 끝까지 그런 말을 꺼내지 않았다.

빈트도 뒤늦게 바닷속에 뛰어들면서 같이 놀 상대를 얻은 라티나의 물놀이는 예상보다 상당히 오래 이어졌다. 한여름이었다. 차가운 바닷물도 기분 좋을 것이다. 물보라를 튀기며 노는 그녀의 모습은 정말 시원해 보여서 데일의 눈을 즐겁게 했다.

"너무 열중하지는 마."

"응!"

새삼스럽긴 했지만 일단 일러뒀다.

라티나가 즐겁다면 얼마든지 놀게 해 주고 싶지만 그러면 오늘 묵을 숙소에 도착할 수 없게 된다. 그러나 동시에 이런 『딴 길』을 즐기는 것이야말로 이번 여행의 목적이라는 생각도 들었다.

그래서 데일은 그대로 모래사장을 맨발로 걷는 라티나 뒤에서 그녀의 부츠를 들고 걸으며 희미하게 쓴웃음을 짓는 데 그쳤다.

모래사장에서 가도로 돌아와 더욱 동쪽으로 나아가자 길이 갈라졌다. 갈림길 너머로 시선을 집중하니 저무는 햇빛에 붉게 물들기 시작한 하늘을 배경으로 마을이 보였다.

"어두워지기 전에 어떻게든 도착했네."

안도하여 중얼거리는 데일의 목소리에 라티나도 그곳이 목적지임을 깨달았다.

"저곳이 목적지야?"

"맞아. 아페라는 마을인데 관광객이 많은 만큼 요리와 숙소의 질이 좋은 곳도 많아. 미리 케니스한테 상담했더니 아는 사람이 경영하는 식당을 가르쳐 줬어. ……라티나도 관심 있지?"

설명이 끝나기도 전에 표정을 반짝이는 라티나의 모습을 보면 대답을 들을 필요도 없었다. 조사해 두길 잘했다고 내심 자신의 행동을 평가하며 데일은 라티나를 향해 웃었다.

"이왕 온 거 조금 비싼 여관에 묵을까."

"아…… 하지만 빈트도 있는데 괜찮을까……?"

"일단 『마도구』 목걸이를 채웠으니 괜찮겠지. 뭔가 실수하면 마을 밖에서 기다리라고 하면 되고."

"컹!"

"그러기 싫으면 라티나가 난처해질 만한 일은 하지 마."

"멍!"

도덕관념이나 사회 질서를 논하는 것보다도 라티나를 기준으로 제시하면 더 잘 이해하는 멍멍이였다.

아페도 다른 마을들처럼 마수나 도적을 막는 벽으로 둘러싸여 있었다. 가도에서 마을에 들어가는 문으로 향했다. 어느 마을이든 야간 출입은 제한되는 일이 많았다. 해 질 녘이긴 했지만 문제없었던 모양이다. 문지기에게 통행료를 내고 문을 지났다.

"우와아아!"

마을에 한 발자국 들어온 라티나가 깜짝 놀라서 감탄했다.

"정말로 여관이 잔뜩 있어……. 크로이츠의 남구보다도 많은 것 같아."

"마을 규모에 비해 수가 많아서 그렇게 느끼는 거겠지."

마을의 중심가를 사이에 두고 양쪽에 예스럽지만 청결감 있는 여관이 늘어서 있었다. 여관에 따라서는 운치 있는 앞마당이 갖춰진 곳도 있었고 대체로 손님을 맞이하는 분위기가 좋았다.

"아페는 관광객이 많다고 데일이 그랬었지……. 모험가가 많은 크로이츠와는 손님층이 달라서 여관의 느낌도 다른 걸까?"

두리번거리며 주위를 살피는 라티나는 관찰하느라 여념이 없는 것 같았다.

"저렴한 여관도 있는 모양이야. 장기 체재하는 손님에게 특화된 여관도 있는 것 같으니까."

"흐응…… 장기 손님이라면 『범고양이』랑 비슷한 영업 방식이네. 방 넓이는 어느 정도일까? 리넨을 교환하는 빈도라든가 청소 타이밍은 어떤 느낌일까."

전혀 예상하지 못한 점에 라티나가 집중해서 데일은 얼떨떨해졌다가 웃음을 터뜨렸다. 라티나의 이런 점은 틀림없이 직업병이었다.

"데일?"

"아냐. ……그런 의미에서 이번에 묵을 여관은 참고가 안 될지도 모르겠네.”

살짝 고개를 갸웃하는 라티나에게 웃으며 대답하고서 데일은 그녀의 손을 끌었다.

“일단 평판을 듣고 점찍어 둔 곳은 이 여관인데…….”

“우와아…….”

라티나는 저도 모르게 감탄했다. 왕도 등에서 귀족의 저택이나 왕궁의 호사스러운 모습조차 본 라티나지만 이 여관의 고급스럽고 차분한 장식에 솔직히 감동한 듯했다. 역사가 오래되어 보이는 건물은 어디든 반짝반짝하게 닦여 있어서 청결감과 편안한 느낌으로 방문자를 맞이했다.

손님을 맞이하는 종업원의 대응도 바람직하여 더욱 그런 느낌을 받았다. 빈트의 모습에도 불쾌감을 나타내지 않는 것을 보면 빈트가 찬 『마도구』가 무엇인지 알고 있는 모양이었다. 종업원을 잘 교육했다는 것이 느껴졌다.

“데일 레키다. 미리 연락했는데…….”

“데일 레키 님이시군요. 말씀 들었습니다. 이쪽으로 오시지요. 안내해 드리겠습니다.”

침착하게 그들을 맞이한 장년 남성 종업원의 행동거지는 귀족 저택에서 일하는 하인과 비교해도 손색이 없을 정도였다. 남성에게 인계받아 안내해 준 여성 종업원도 끝까지 예의가 발랐다.

“들은 대로 좋은 곳이네.”

“응.”

라티나는 솔직하게 미소 지었지만 데일은 좀 더 핵심적인 이유로 여관의 종업원들을 평가했다. 직접 배낭으로 짐을 옮기는 데일의 모습을 보고서 하인이나 일꾼도 고용하지 않는 손님이라며 맞이할 가치가 없는 격 떨어지는 상대로 깔볼 수도 있었다. 물론 『데일 레키』라는 이름의 영향도 부정할 수 없지만, 동명이인이거나 사칭일 수도 있으니 이름만으로는 판단 재료로서 미덥지 못했다.

기대해도 좋을 듯싶었다.

긴 복도도 티 없이 깨끗했다. 다시 한번 빈트에게 못을 박아야겠다고 데일은 내심 중얼거렸다.

"있지, 데일."

"응?"

"『비밀』은 아직 안 가르쳐 줄 거야?"

"음……."

시선만 살짝 올려서 자신을 들여다보는 라티나의 모습에 데일은 뭐라고 말할지 잠시 망설였다. 하지만 실물을 보기 전에 설명은 해 둬야겠다고 생각을 고쳤다.

"이 아페는 온천으로 유명해."

"온천?"

"온천이 뭔지는 알아?"

"응. 책으로 읽은 적 있어. 지열로 데워진 지하 수맥이 솟아난 거지?"

"이 근처는 『빨강의 신(아흐마르)』의 신기도 강하거든. 그래서 온천의 효능도 더 강하다고 해. 뭐, 그 부분은 신전에서 말한 게 아니라 민간

요법의 연장선 같은 거지만."

"흐응."

잘 이해하지 못한 듯한 라티나의 반응에 데일은 의도적으로 산뜻하게 웃었다.

"이 마을 근처에 있는 원천(源泉)은 꽤 볼만해. 나도 일 때문에 여기저기 다니지만 다른 데서는 볼 수 없는 광경이야. 내일 가 보자."

진심에서 우러나온 말이었다.

원천은커녕 온천 자체가 첫 체험인 라티나는『다른 곳과 비교』할 수는 없겠지만 한 번 볼만한 가치가 있다고 생각해 주기는 할 것이다.

"라티나, 온천 본 적 없지? 마음에 들면 좋겠다."

"응."

그렇게 대답하며 웃는 라티나는 전혀 눈치채지 못한 것 같지만 물론 이번에 데일에게는 흑심이 있었다.

여행지에 온천을 세팅했다.

흑심이 가득 담긴 결정이었다.

기본적으로 데일은 늘 라티나와 찰싹 붙어서 애정 행각을 벌이지만, 정식으로 결혼하여 부부가 되었다고 해서 갑자기 그 거리감이 안정될 리 없었다. 오히려 더욱 애정 행각을 벌여도 될 이유가 생겼다며 뻔뻔하게 나오는 것이 데일이라는 남자의 사고방식이었다.

라티나는 수치심이 강하다.

그것은 부부가 되기 전부터 지금까지 변함없었다.

그런 라티나라도 평소와 다른 환경에서라면 개방적인 기분이 들지도 모른다. 그 상태에서 평소보다 더 꽁냥거리고 싶다고 생각하는 게 잘못인가?

신혼이었다. 애정 행각을 벌이는 것은 당연했다.

바로 그걸 위한 온천이었다.

그렇게 생각하던 데일에게 찬물을 끼얹은 것은 여성 종업원이 몹시 죄송스러워하며 꺼낸 한마디였다.

"저…… 현재 숲 안쪽의 원천은 출입이 금지되어 있습니다."

"예?"

진심 어린 경악의 목소리가 나왔다.

어떤 전장에서도 냉정 침착한 영웅으로 칭송받는 남자라고는 도저히 생각할 수 없을 만큼 동요한 모습이었다.

"그런가요?"

점잖게 묻는 라티나는 그렇게까지 심각해 보이지 않았다.

"현재 조사 중이지만 아무래도 마수 관련으로 이변이 생긴 모양이라 전문가를 부르는 데 시간이 걸리고 있는 것 같습니다. 이 마을의 주둔병은 도적 같은 대인 범죄 처리가 특기라서 대처가 어렵다더군요."

"그렇군요."

"숲과 마을은 떨어져 있으니 위험하진 않습니다. 안심하세요."

"네."

"물론 마을 안에도 원천이 있으므로 온천은 문제없이 즐기실 수 있습니다."

"그렇군요, 다행이다."

그렇게 말하고 생긋 웃는 라티나 앞에서 아무리 데일이더라도 「안 다행이야」라고 본심을 말할 수는 없었다.

안내받은 방은 마도구 잠금장치를 갖춰 안전성도 고려한 훌륭한 방이었다. 방을 본 라티나의 표정이 환하게 밝아진 것으로 미루어 그녀도 이 방에 만족했음을 알 수 있었다.

"멋진 방이네."

"라티나 마음에 들었다면 다행이야."

반질반질하게 광을 낸 가구는 디자인이 고급스러우면서도 다갈색 목재의 빛깔이 따뜻한 분위기를 자아냈다. 테이블 세트의 의자와 벽지에는 놀라우리만큼 큼직한 꽃 의장이 사용되었는데, 요란한 인상보다도 여행지의 비일상 느낌을 주는 양념 정도의 연출이 되었다. 반면 침대 커버나 커튼 등의 천에는 꽃 의장의 색 일부를 뺀 듯한 무지를 써서 차분한 조화를 이루었다.

모자와 외투를 벗어 방에 마련된 벽장에 넣은 라티나는 방구석에 배낭을 내린 데일에게 손을 내밀었다.

"데일."

"그래."

데일도 그런 그녀에게 특별히 반문하지 않고 외투를 벗어 건넸다.

당연하다는 듯 그렇게 행동하는 두 사람에게서는 『신혼』이라는 어색함이 별로 느껴지지 않았다.

빈트도 방 한쪽에 있는 러그가 마음에 든 모양이었다. 오늘 밤 잠자리로 삼기로 했는지 데굴데굴 몸을 굴리며 편히 쉬었다.

"우와……."

더는 못 기다리겠다는 듯 창문을 활짝 열고 상체를 밖에 드러낼 기세로 얼굴을 내민 라티나는 환호성을 내뱉었다. 고급스러운 방답게 이 방은 아페를 한눈에 내려다볼 수 있는 좋은 전망도 갖추고 있었다. 운치 있는 여관 마을의 광경이 마을 안을 걸었을 때와는 또 다른 각도로 보였다.

"굉장해…… 예쁘다……."

"……그러고 보니 라티나는 언젠가 『범고양이』에 지지 않을 여관을 여는 게 꿈이라고 했던가?"

"언제가 될지는 모르겠지만…… 그런 가게가 됐으면 좋겠어. 여행하는 사람이나 찾아온 손님이 안심할 수 있는 곳…… 맛있는 밥을 먹고 웃을 수 있는 가게."

선명한 노을빛 하늘을 등지고서 라티나는 그렇게 대답하고 미소 지었다.

"케니스가 말이지. 매일 잘 풀리지 않는 일이 더 많아도 맛있는 술과 요리를 먹으면 나쁘기만 한 하루가 아니었다고 생각할 수 있다고 했어. 나도 누군가가 그렇게 생각할 수 있는 장소를 만들고 싶어."

"그런가."

바실리오의 동생 공주이자 구국의 영웅인 『백금의 용사』의 반려가 된 지금 라티나의 입장을 고려하면 일개 여관이나 술집의 여주인이 된다는 꿈은 현실적으로 어려울 것이다.

서민파 사고로 약간 현실에서 도피하는 버릇이 있다고는 하지만 원래 똑똑한 그녀가 그것을 이해하지 못할 리가 없다.

그렇다고 그녀의 『꿈』을 부정할 마음도 들지 않아서 조용히 미소 지으며 수긍하는 데 그친 데일을 향해 라티나는 다시 한번 웃었다.

평소보다 조금 어른스러운 웃음이었다.

"어떤 형태가 될지는 모르겠지만 분명 언젠가 이룰 거야. 그러면 케니스와 리타에게 배운 여러 가지를 이번에는 내가 누군가에게 가르쳐 줄 거야. 그러고 싶어."

기도하듯 손을 맞잡고 말한 라티나는 곧 환하게 웃는 얼굴로 돌아왔다. 그리고서 창밖, 마을 중심부에 보이는 커다란 건물을 가리켰다.

"데일, 저 건물은 뭘까? 많은 사람이 드나드는 게 보이는데……."

"아아. 저건 공동 목욕탕이야. 이 여관 안에도 목욕탕은 있지만, 주민이나 목욕 시설이 없는 여관에 묵는 여행자는 저곳을 이용해."

"흐응……."

"크로이츠의 대중목욕탕도 『범고양이』의 욕실과는 비교가 안 될 만큼 큰데…… 저곳은 그것보다도 훨씬 커."

"그렇구나."

"한 번 볼 가치는 있을 거야. 저녁 먹기에도 이른 시간이고, 모처럼 말이 나왔으니 가 볼까?"

"응!"

잽싸게 창문에서 몸을 뗀 라티나는 당장에라도 방에서 뛰쳐나갈 기세였다. 데일은 그런 그녀의 모습에 살짝 쓴웃음을 지으며 창문을 닫고 그 뒤를 쫓았다.

† † †

라반드국과 이웃 나라 바실리오를 연결하는 가도 중간에 작은 마을이 만들어지는 그런 미래 시대.

모험가들이 개척하여 마을의 기초를 구축했다는 그 작은 토지의 영주를 라반드국의 귀족 작위가 없는 이에게 맡긴 것은 희대의 영웅이 이룬 공적에 보답하기 위해서였다.

변경의 작은 토지로는 영웅의 공적에 보답할 수 없다는 목소리도 일부에서 일었지만, 장본인이 거창하게 귀족의 일원이 되는 것에 난색을 표했고, 그 토지의 입지가 영웅과 그 반려의 사정에 알맞아서 이야기가 진행되게 되었다.

새로이 개척된 그 토지의 소유권을 라반드국이 소리 높여 주장하는 것은 당시 막 국교를 맺은 참이었던 이웃 나라 바실리오와의 관계성에 긴장을 낳는 불씨가 될지도 몰랐다.

마왕의 침공으로 국력이 저하됐었던 당시 라반드국은 이웃 나라와 괜한 알력을 만들고 싶지 않기도 했다.

영주로 임명된 영웅의 반려는 이웃 나라의 동생 공주였다.

그래서 라반드국은 마수의 서식 영역 때문에 외떨어진 땅이 된 그 토지를 양국의 우호와 공존의 상징이 된 영웅과 동생 공주에게 맡긴 것이다.

영웅이 공을 세운『마왕』과의 대전에서 많은 희생자가 생겼다. 그런 물정이 반영되어 열악한 환경에 떨어지는 사람도 많이 존재했다.

영주 부부, 특히 영주 부인이 된 동생 공주는 그런 사람들 중에서도 특히 어린아이들을 위한 자선 활동을 아낌없이 행했고, 천애고아들을 자신의 영지에서 양육하는 것에도 적극적이었다.

많은 아이가 그녀를 엄마처럼 따랐지만, 정작 그녀는 그 자애로운 행동을 칭찬받는 것에 난색을 표했다. 마치 무언가에 대한 속죄 같다고, 그녀를 아는 일부 사람들은 보상을 바라지 않는 그 자애 넘치는 모습을 그렇게 형용했다.

마을 한편에는『노래하는 흰 고양이』라는 여관이 존재했다.

훌륭한 접객과 맛있는 요리로 다른 영지에도 명소로 알려진 이 여관은 영주 부인이 설립에 관여한 여관이었다.

자신이 양육한 아이들의 장래를 생각했을 때, 더 많은 선택지를 줄 기회가 되면 좋겠다는 관점에서 설립했다고 한다.『모험가』와 인연이 있는 땅이라고는 하지만 모든 사람이 모험가가 될 수 있는 것은 아니었다. 체술에도 마법에도 재능이 없는 자는 존재할 수밖에 없다. 장래의 밑거름을 얻기 위해 각자에게 맞는 능력을 키울 필요도 있어서 만들어진 장소였다. 이 여관에서 허드렛일을 마친 아이들은 다른 접객업이나 식당에 취직해도 평가가 높았고, 그와 함께 여관 자체의 명성도 높아졌다.

마치 호위처럼 환수가 영주 부인 곁에 있는 것도 유명한 에피소드 중 하나였지만 그 환수는 『늑대』였고, 자신이 만든 여관의 이름에 『고양이』를 사용한 이유는 그다지 알려지지 않았다.

하지만 그것은 아직 미래의 이야기다.

† † †

여관에 짐을 놓고 몸이 가뿐해진 데일과 라티나는 아페 산책을 재개했다. 목적지는 여관방에서 봤던 공동 목욕탕이었다. 공동 목욕탕은 불특정 다수가 이용하는 시설이라서 풍기와 치안상의 이유로 남녀가 따로 이용하게 만들어져 있었다. 그래서 『꽁냥거리고 싶다』는 데일의 솔직한 욕구를 이룰 장소라고 하기는 어려웠다.

하지만 그런 사소한 일은 들뜬 모습인 눈앞의 라티나를 예뻐하는 것과 비교하면 「뭐, 일단은 좋겠지」 하고 뒤로 미룰 수 있었다.

정말로 한결같은 남자였다.

"아페는 관광객이 많은 토지라 크로이츠처럼 다른 종족에 대한 편견도 적어. 하지만 어느 곳이든 『인간 절대주의』 따위를 말하는 이상한 녀석은 있으니까 조심해."

"응. 하지만 아마 괜찮을 거야."

"확실히 라티나는 뿔의 밑동이 머리카락에 가려지면 잘 안 보이지만, 너무 낙관적으로 생각하는 것도……."

공동 목욕탕 내부에 들어가기 전에 생각난 듯 데일이 꺼낸 것은 라티나를 걱정하는 말이었다. 데일답다고 하면 그뿐인 그런 말에 라티나는 쓰게 웃으며 대답했다.

"하지만 데일…… 『마왕을 해할 수 있는 것은 용사뿐』이야. 목욕탕에서 우연히 『용사』를 만나 괴롭힘당할 일은 거의 없을걸."

"『마왕』의 생명에 지장을 줄 만한 영향은 『용사』만이 끼칠 수 있더라도. 그 정도 수준이 아닌 괴롭힘이라면 다른 사람에게도 가능하잖아."

"과한 걱정이라고 생각하는데…… 하지만 걱정해 주는 건 기뻐. 고마워, 데일."

"정말로 조심해야 해."

"응."

반 시진도 안 될 잠시간의 이별인데도 아주 절절했다.

여관에서 뒹굴고 있는 멍멍이의 태클이 그리워지는 달달한 대화였다. 하지만 공동 시설의 입구 앞이라는 장소를 고려하지 않는 폭거를 저지르는 것도 신혼부부로서는 당연한 일일지도 모른다.

공동 목욕탕에 들어가니 먼저 로비가 나왔다. 접수처에서 데일이 2인분 요금을 내는 모습을 보던 라티나는 몇몇 사람이 목패 같은 것을 접수처에 보여 주고 안에 들어간다는 것을 알아차렸다. 한동안 생각하고서, 복장 등을 볼 때 그 사람들은 마을 주민이겠다고 짐작했다. 요금을 몰아서 냈다는 증거가 목패일 것이다.

'몰아서 내면 조금 싸지는 걸까…… 아니면 마을에 사는 사람한테만 요금이 저렴하게 설정된다거나…….'

그런 생각을 하는 라티나는 천성이 서민파였다.

접수처 안쪽은 남탕과 여탕이 좌우로 나뉜 구조로 되어 있었다. 데일과 헤어진 라티나는 들뜬 기분으로 앞으로 나아갔다.

"목욕, 목욕~."

그러던 그녀가 발을 멈추고 고개를 갸웃한 것은 통로가 또 둘로 나뉘어 있었기 때문이었다.

"……인간 전용 탕이 따로 있구나. 데일의 걱정이 과한 게 아니었나……."

평소 라티나는 인종 차이를 신경 쓰지 않지만, 이렇게 확실하게 차이를 눈앞에 들이미니 기분이 조금 가라앉았다.

그러나 라티나는 어떻게 봐도 인간인 다른 손님들이 전부 『인간 전용』 쪽으로 가는 것은 아님을 깨닫고 고개를 갸웃했다.

"응?"

신경이 쓰여서 즉각 지나가던 종업원을 붙잡고 확인했다.

"아아. 확실히 이쪽 탕은 『인간 전용』이지만 좁아서 손님 대부분은 넓은 공용탕을 이용해요."

"그런가요?"

"차별해서 탕을 나눈 게 아니라, 수인족의 털이나 수린족의 비늘이 물에 뜨는 걸 신경 쓰는 분도 계시거든요. 그런 손님을 위한 배려죠."

"그렇군요."

"환절기에는 공용탕에도 수인족 전용 욕조를 지정해요. 안 그러면 막혀 버려서요."

"확실히 엄청날 것 같네요……."

수인족의 특징은 뾰족한 귀와 꼬리, 그리고 전신을 덮은 수모(獸毛)였다.

늘 빈트의 털을 빗는 라티나이기에, 표면적이 넓은 수인족의 털 빠짐 사정도 대충 헤아리게 되었다.

"비누나 수건도 대여하는데 수인족은 다른 인족보다 비누를 배는 더 쓰고, 수린족은 수건보다도 딱딱한 브러시로 몸을 문지르는 걸 좋아하죠. 가끔 익인족 손님도 오시는데 장시간 물에 몸을 담그는 걸 별로 안 좋아해서 주로 한증막을 이용해요. 종족마다 제각각이에요."

"각각 취향이 있는 거군요……. 공부가 됐어요."

의문이 해소된 라티나는 재차 콧노래를 부르며 걸어갔다. 후련해짐과 동시에 새로운 지식을 얻어서 단순히 기뻤다.

"바실리오에서는 목욕물이 굉장히 미지근했지……. 크리소스도 너무 뜨거운 건 싫어하는 것 같았고. 나도 그런 걸 보면 마인족의 취향도 있는 걸까.”

손님의 취향과 요망에 유연하게 대응하는 것에는 같은 접객업 종사자로서 경의를 느꼈다.

데일이 생각하는 것 이상으로 역시 라티나의 천성은 『이웃 나라의 동생 공주』보다도 『범고양이의 간판 아가씨』 쪽일지도 몰랐다.

크로이츠에서도 대다수의 일반적인 사람들은 대중목욕탕을 이용했다.

하지만 라티나는 대중목욕탕을 이용한 적이 거의 없었다. 『춤추는 범고양이』에는 욕실이 갖춰져 있다. 원래는 손님을 위한 시설이지만, 어렸을 때는 라티나 혼자 대중목욕탕에 보내기 어려웠고, 성장한 후에는 가게의 큰 전력인 그녀의 근무 시간을 확보하기 위해 편의성을 우선하여 거기서 목욕하는 일이 많았다.

서민 동네인 동구에 사는 친구들의 이야기를 듣고 흥미 본위로 가 본 적은 있지만 그것도 손꼽을 수 있을 정도였다.

그래서 라티나는 온몸을 쭉 뻗어도 발이 닿지 않는 큰 욕조에 솔직히 감동했다.

“우와아아…….”

살짝 걸쭉한 느낌의 수질을 확인하고 어깨까지 몸을 담그자 감탄의 한숨이 새어 나왔다. 평소 목욕할 때는 불가능할 만큼 몸을 쭉 뻗어 보았다.

“굉장해. 커다란 욕조도 좋은 것 같아.”

하지만 그런 감상을 데일 앞에서 꺼냈다가는 『범고양이』에 대형 목욕탕을 건설하겠다고 할지도 모른다. 저도 모르게 그런 상상이 떠올라서 작게 키득거렸다.

콧노래를 부르며 목욕물의 감촉을 즐긴 후, 재차 의식을 주변 관찰로 돌렸다.

데일의 추천을 따라 접수처에서 빌린 비누에서 정유 향기가 났다. 평소 사용하는 것과는 달랐지만 그야말로 여성이 좋아할 만한 화사한 향기였다. 쓰는 것이 기대된다며 샤워 공간으로 발걸음을 옮겼다.

"그러고 보니 여기 오는 길에 비누 전문점이 있었지. 신기하다고 생각했는데, 체재 중에 여러 가지 시험해 보거나 선물로 사 가는 것도 괜찮겠다."

평소 목욕할 때보다 거품을 잔뜩 내며 라티나는 혼잣말했다.

모처럼이니까 사치를 부리자는 심정에서 나온 행동이었으나 그런 부분도 서민적이었다.

"비누 향에 맞춘 향유도 사고 싶어. 들렀다 가도 되냐고 데일한테 물어봐야지."

즐겁게 중얼거리며 몸을 씻었다.

그러는 동안에도 무의식중에 주위를 둘러보았다. 동네 주민인 듯한 사람들이 사용하는 독특한 형태의 목욕 스펀지나 수린족이 좋아한다는 브러시를 보며 관찰하는 것도 잊지 않았다.

저렇게 벅벅 씻는 것도 모험가들에게는 인기가 있을지도 모른다.

평소 생활하면서 볼 일이 없는 도구들에 라티나의 관심은 끊이지 않았다.

매입 원가가 괜찮으면 시험 삼아 조금 사서 돌아가자.

그렇게 단순히 소비자 시선이라고도 하기 어려운 생각을 하는 라티나는 비누의 좋은 향기에 휩싸여 사소한 행복에 잠겼다.

그 결과.

대욕탕에서 목욕을 마친 라티나와 합류한 데일은 그가 상정했던 것과 조금 다른『온천가 데이트』를 새색시와 함께하게 되었다.

관광객이 많은 아페는 공동 목욕탕에서 각 여관으로 이동하는 것을 배려해 야간 조명도 정비되어 있었다. 돌바닥 일부가 부드러운 빛을 냈다. 마도구가 아니라 축광석(蓄光石)이라고 불리는 마력을 띤 소재의 가공품으로, 주위의 광도가 내려가면 빛을 내는 특성이 있지만 낮에는 돌바닥과 구별이 되지 않아서 눈에 띄지 않았다. 경관을 해치지 않는다는 점도 조명으로 채용된 이유일 것이다.

"반면에 마도구보다 정비나 조정이 귀찮기도 해. 그리고 광량이나 지속 시간이 낮에 모은 빛의 양에 달려 있어서 일정하지 않지. 그런 문제점이 있지만 그만큼 값이 싸니까 도둑맞을 가능성은 낮지 않을까."

"그렇구나…… 재밌다."

미소 짓는 라티나는 무척 예뻤다. 그 점은 틀림없었다.

감은 머리를 묶어서 온천 때문에 희미하게 상기된 목덜미가 드러난 것도 평소 순진한 인상이 강한 라티나의 또 다른 면이었다. 눈호강이었다. 그 점에 이견이 있을 리가 없었다.

하지만 뭔가 아니었다.

어렴풋한 빛에 감싸인 운치 있는 마을. 그런 로맨틱한 환경 속에서 자신은 왜 마을의 정비 사정에 관해 설명하고 있는 걸까.

찰싹 붙어서 달콤한 말을 속삭이며 다정한 말을 주고받는다.

정략이나 맞선이 아니라 뜨거운 연애 끝에 결혼했다. 신혼이라면 그래야 하지 않을까.

"아. 저기 저 가게! 데일, 잠깐 들렀다 가도 돼?"

"그래."

라티나의 요구에 응하는 것은 싫지 않았다. 귀엽게 조르거나 쇼핑하자고 해도 상관없었다. 그 정도 돈은 벌고 있다고 자부한다.

하지만 역시 뭔가가 아니었다.

"……역시 좀 더 빨리 결혼해야 했나……. 그러면 좀 더 달달함을 만끽할 수 있었을까……?"

"응?"

동네 주민이 애용한다는 단출한 잡화점 한쪽에서 식물을 건조해 만들었다는 목욕 스펀지를 만족스럽게 손에 드는 라티나의 모습을 보고 데일은 명확한 답이 나오지 않는 문제를 자문했다.

다만 호기심이 충족됐는지 눈을 반짝반짝 빛내는 라티나는 역시 귀여웠다.

그 감상에서 조금도 흔들리지 않는 데일 또한 매우 그답다고 할 수밖에 없었다.

"평소에 데일이랑 이런 가게에 들른 적 없었지만. 데일은 어떤 향기를 좋아하는지…… 그런 건 조금 신경 쓰이니까, 같이 와 줘서 기뻐."

게다가 이어서 들른 비누 전문점이라는 가게에서 라티나가 쑥스러워하며 말하자 데일은 조금 전까지 하던 번뇌를 그냥 흘려버렸다. 데일이라는 남자의 사고 회로는 너무나도 변함없었다. 굳건하게 유감스러웠다.

그 후 케니스의 지인이 경영한다는 식당으로 향했다.

라티나에게도 그 점은 미리 말해 뒀지만, 도착한 가게가 그야말로 고급 음식점이라서 솔직히 놀란 모습이었다.

데일은 내심 라티나가 『스펀지는 아페에서 돌아가기 전에 사면 된다』라고 판단해 줘서 안도했다. 한 손에 일용품 자루를 들고서 문을 지나기에는 역시 주저되는 수준의 가게였다.

"케니스는 대단하구나……."

"라티나의 인맥도 상당하다고 생각하지만……."

중얼거리고 나서 데일은 라티나의 손을 잡았다.

"자, 갈까."

"하지만 목욕하고 평상복인데. 괜찮을까?"

"걱정하지 마."

라티나를 안심시키듯 미소 지은 데일은 가게 앞에 섰다. 거창한 간판은 없었지만, 품위 있어 보이는 도어맨과 문에 섬세하게 조각된 의장이 목적지임을 나타냈다.

"굉장해."

숨을 폭 내쉰 라티나는 만개한 꽃 조각에서 눈을 떼지 못했다. 화려하지만 고급스러운 모양은 확실히 감탄이 나올 만큼 아름다웠다.

"예약하신 데일 레키 님이시군요."

"그래."

"기다리고 있었습니다."

예의 바르게 대응한 도어맨은 평상복 차림인 데일과 라티나의 모습에 눈썹을 찡그리거나 의심스러워하지 않고 공손한 태도로 문을 열었다.

문제없지? 하고 눈으로 말하는 데일에게 라티나도 안도를 담은 미소로 대답했다.

문을 지나기 직전부터 두 사람이 풍기는 분위기가 바뀌었다.

등을 곧게 펴고 라티나를 에스코트하는 데일의 모습은 왕도를 비롯한 사교계에서 연마한 완벽한 신사의 모습이었다.

그런 데일을 따라 어느새 라티나의 동작도 『백금의 요정 공주』로서 라반드국의 사교계를 떠들썩하게 했을 때처럼 품격 있게 변했다.

눈 높은 일류 식당의 도어맨이기에 그 풍격에 경의를 느꼈다. 실용성을 중시한 여행복이어도, 아니, 그렇기에 공주님과 잠시 잠행을 나왔나 보다고 속으로 중얼거렸다.

데일이 자신의 『이름으로 예약』했고 동반자가 『요정 공주』로 추측되니, 일류 가게일수록 배려는 철저해지는 법이었다.

데일 레키라는 이름에는 그만한 영향력이 있었다. 데일 자신도 그 부분은 확실하게 자각하고 있지만, 역시 라티나는 그런 자각도 별로 없는 듯했다.

'크로이츠에서 나오는 일이 거의 없고, 내가 여기저기서 난리 치던 때의 기억이 라티나에게 없다는 점도 큰 이유겠지.'

안내받은 개인실에서 고급스러운 식탁보와 커틀러리를 손으로 쓸며 천진난만하게 즐거워하는 라티나를 보면서 데일은 독백하고 쓰게 웃었다.

라티나는 그렇게 타고난 호기심이 이끄는 대로 좀처럼 올 일이 없는 『고급 음식점』을 만끽하기로 한 것 같았다. 하지만 점원의 눈이 있을 때는 귀부인처럼 우아한 모습을 보였다. 보고 있으니 재미있었다.

"메뉴를 고르는 것도 라티나의 즐거움이란 건 알지만 이번에는 예약할 때 주문도 끝냈어."

"그래?"

라티나가 조금 아쉬워한 것도 한순간이었다. 데일이 꺼낸 말에 그녀의 표정이 달라졌다.

"케니스의 추천으로 요리사의 간판(스페셜리떼) 요리를 포함한 코스를 주문해 뒀어. 반드시 먹어야 할 요리를 빼먹지 않으려면 그래야 한다고 케니스가 말했거든. 그리고 라티나도 마지막까지 먹을 수 있게 라티나 몫은 양을 조금 줄여 달라고 부탁했어."

데일은 잡담의 연장선 기분으로 설명한 것이었지만 라티나는 다른 의미로 인식한 듯했다. 매우 진지한 표정으로 생각에 잠겼다.

"으음…… 라티나?"

"분명 내가 취향 따라 호기심에 주문했다면 실패했을 거야."

"왜 그런 결론이 된 거야?"

"간판 요리…… 그렇지. 가게의 얼굴이 되는 요리는 절대 빼먹으면 안 돼. 주문할 때는 그런 점도 잊으면 안 되지."

데일에게 식사는 그저 먹고 싶을 때 먹고 싶은 음식을 먹는 것이 제일이지만, 아무래도 그런 말을 꺼낼 수 없는 분위기였다.

"……『공부』야?"

"케니스가 추천한 가게인걸. 공부할 것 천지야!"

단호하게 잘라 말하는 라티나의 모습은 매우 의연했다.

라티나의 입장은 최근 몇 년 사이에 어지럽게 바뀐 것 같은데, 케니스와의 사제 관계는 조금도 미동이 없는 듯했다.

아페는 요리사의 시점에서 봐도 감탄이 나오는 입지인 것 같았다. 바다가 가깝고 산의 진미도 얻을 수 있었다. 유통의 요소인 크로이츠처럼 각지의 다양한 것이 모이는 편의성은 없지만, 산지이기에 손에 들어오는 식자재는 어느 것이나 신선했고 새로운 것도 많았다.

전채 요리에 쓰인 조개도 크로이츠에서는 입수하기 어려운 식자재였다. 꽃눈 달린 봄나물을 함께 쪄서 보기에도 좋았다. 대식가처럼 접시 위에 놓인 요리를 해치워 나가는 데일과 달리 라티나는 하나하나 차분히 확인하며 맛보았다.

여름 한정이라는 포타주 수프는 연한 연두색 빛깔도 그렇고, 깔끔한 식감도 그렇고, 모든 것이 경쾌하며 시원했다. 생선 요리로 나온 새우 타르트는 잘라 보니 선명한 색색의 층이 나타났다. 전부 대중음식점에서는 할 수 없을 만큼 손이 많이 간 음식이라 요리사의 실력도 엿보였다.

그렇게 복잡한 얼굴을 하고서 요리를 즐기고는 있는지 데일은 걱정되었지만, 그건 그것대로 라티나가 음식을 즐기는 방법이니 괜히 지적하진 않았다.

간판 요리는 놀랍도록 심플한 흰살생선 소테로 보였다.

맛있긴 했지만 다른 요리만큼 화려하진 않았다. 그렇게 고개를 갸우뚱하는 데일과 달리 라티나는 한입 씹고서 충격을 받았다.

"그런가, 그렇구나…… 이런 것도 있었어, 대단해……."

유감스럽게도 데일은 무엇에 그렇게 감동했는지 알 수 없었기에 공감하지 못했다. 곁들여 나온 생화가 장식이 아니라 식용으로 키운 것을 사용한 샐러드라는 설명에 대한 놀람만큼은 공유할 수 있었으니 좋다고 쳤다.

육류 요리도 보기 좋게 담겨 제공되었다.

"……이거, 수인족 마을에서 먹어 본 맛이야. 이런 조리법도 있구나……."

씁쓰레한 풍미가 악센트를 주는 녹색 소스를 맛보고서 라티나가 신음했다. 절묘하게 구운 붉은 살코기가 무엇인지에 관해서는 데일이 더 자세히 알았다.

"가축이 아닌 수렵육도 크로이츠에는 그다지 나돌지 않으니까."

"수렵육이구나……. 티스로우에서 먹은 요리도 맛있었지만, 그걸 라반드국풍으로 조리하면 이런 요리가 되는구나."

요리에 맞춘 와인은 데일 혼자서만 즐기게 됐는데, 라티나가 알코올에 약한 자신의 체질이 굉장히 원통하다는 표정을 지어서, 유리잔을 기울이는 데일은 미안한 마음이 들었다. 기본적으로 술에 집착하지 않는 라티나가 이런 반응을 보이는 일은 드물었다.

모든 요리의 완성도가 매우 높았기에 식당 측에서 요리에 맞춰 제안한 와인과의 조화가 참을 수 없이 궁금한 듯했다.

"라티나가 취해도 내가 확실하게 데리고 돌아갈 거니까 조금 마셔 볼래?"

"……그러고 싶기도 하지만, 미각이 둔해지면 더 분할 테니까 참을 거야……!"

"그래."

역시 그녀는 흔들림이 없었다.

디저트의 양은 달콤한 것을 좋아하는 라티나에게 적지 않을까 싶어서 걱정됐지만 그녀는 고개를 휘휘 가로저었다.

"배불러. 이 이상은 못 먹어."

"그래?"

"조금씩 이것저것 먹을 수 있어서 즐거웠어. 고마워, 데일."

라티나가 솔직하게 감사 인사를 하자 데일의 표정도 풀어졌다. 이 말 한마디에 들인 수고가 전부 보답받은 기분이었다.

그런 대화를 나누며 편히 쉬고 있으니, 오너 셰프인 요리장이 인사하러 왔다고 점원이 알렸다. 케니스의 지인이기도 하고 편의를 봐준 상대이기도 했다. 이쪽에서도 인사하고 싶었기에 승낙하자 곧바로 풍채 좋은 노년 남성이 모습을 드러냈다.

예측 가능한 일이기는 했지만, 무난한 인사를 건네려던 데일의 생각은 약간 흥분한 기색인 라티나에 의해 무산되었다. 라티나의 반응은 일반적으로 아이돌이나 영웅 같은 존재를 대하는 반응과 똑같았다. 세계 규모의 영웅담 속 히로인이라는 점에서 동경의 시선을 받는 쪽일 텐데, 라티나에게는 자신보다도 실력 있는 요리사가 찬사를 받을 만한 존재인 듯했다.

회색 눈을 반짝반짝 빛내며 라티나가 존경의 시선을 보내자 요리사도 기분이 나쁘지는 않은 것 같았다.

평소라면 다른 남자에게 라티나가 그런 시선을 보내는 것도, 그 시선을 받은 남자의 표정이 풀어지는 것에도 불쾌감을 숨기지 않았을 데일이지만.

"그 생선을 위해 이곳에 가게를 열었다는 것도 알 수 있었어요. 굉장했어요."

무슨 근거로 라티나가 그런 발언을 하는지 전혀 알 수 없었기에 침묵을 지키기로 했다.

"그런가. 케니스가 제자를 들였다고 했을 때는 긴가민가했지만,

좋은 후계자를 찾은 모양이야."

"아직 공부하는 중입니다."

부끄러워하며 짓는 웃음도 진심으로 기뻐 보였다. 『요정 공주』로서 다양한 귀인에게 찬사를 받았을 때보다도 훨씬 기쁜 일인 것 같았다.

"역시 라티나한테는 요리사 쪽이 본래 직업인 거겠지……."

그러는 자신도 『용사』로서 받은 칭찬에는 그다지 가치를 느끼지 못하니 남 말 할 처지는 아니라고 독백하며 데일은 뜨거운 커피를 마셨다.

"간판 요리에 쓰인 소금도 특별했죠."

"알아챘나."

"네. 훈제됐다는 건 알았는데 처음 맡은 향이라서 나무의 종류까지는 알 수 없었어요."

"종류를 모르겠다고 단언할 수 있다니 대단하군. 향은 좋지만 생식 수가 적은 나무야. 이 근처에 그 서식 지역이 있는 것도 이곳에 가게를 연 이유지."

이야기의 차원은 데일의 이해를 넘어서기 시작했다.

한편 점주는 라티나의 대답이 마음에 든 것 같았다.

그녀가 진지하게 이야기를 듣고 있다는 것도 알 수 있었으리라. 점차 이야기가 열기를 띠었다.

"살구와 비슷한 하얀 꽃을 피우는 수목인데 열매는 싱거워서 식용에 적합하지 않아. 그래서 『가짜 살구』라고 불리지만, 나는 오래

된 학술서에 나온다는 『심산(深山) 살구』라는 호칭이 운치가 있어서 좋아."

"아아! 그래서 이 가게의 모티프가 살구꽃이군요."

"식용에 적합하지 않지만 향은 아주 좋지. 그 향을 입힌 리큐어를 코스 도중에 내는 빙과에 쓰고 있어."

"그 달콤한 향기가 그거였군요."

데일이 커피를 다 마셨지만 이야기는 아직도 끝나지 않을 듯했다. 그런 점까지 스승(케니스)에게 물려받았다고 생각하며, 열중한 모습인 라티나를 데일은 반쯤 포기한 눈으로 바라보았다.

라티나는 아주 즐거워 보였다. 그렇다면 아무런 문제도 없었다.

"늦봄부터 초여름에는 심산 살구의 밑동에 버섯이 자라. 다른 나무에서는 나지 않는 버섯이라서 채취할 수 있는 양도 매우 적지. 지역 사람만 맛볼 수 있는 사치야."

"버섯……."

"갓 딴 건 특히 향이 좋아. 심산 살구 장작으로 가볍게 구우면 서로를 부각해서 각별하지. 그걸 최상으로 여기는 건 요리사로서 복잡한 기분이지만."

"와아……."

황홀하게 꿈꾸는 표정이 된 라티나는 맛을 상상하고 있는 것 같았다.

음유시인이었다면 사랑 노래 한 곡쯤 뽑았을 듯한 표정이었지만 그녀가 생각하고 있는 것은 식자재였다. 조금 유감스럽다는 생각도 들었다.

"마침 지금 계절이네요. 그 버섯을 어디서 먹을 수 있나요?"

라티나가 꺼낸 질문에 지금까지 술술 말을 내뱉던 요리장이 조금 껄끄러운 표정을 지었다.

"아니……."

"올해는 이미 끝나 버린 건가요?"

수확 시기는 환경에 쉽게 좌우된다. 그 사실을 아는 라티나는 살짝 낙담한 얼굴로 그런 추측을 입에 담았다.

하지만 요리장은 그것도 아니라며 고개를 저었다.

"올해는 맛도 좋고 풍작인 해였지만 심산 살구가 있는 원천 근처의 숲이 폐쇄되어 버렸거든. 마수의 이상 발생이 원인인 모양인데, 해결될 즈음에는 역시 시기가 끝나 버리겠지."

그 대답에 라티나는 매우 알기 쉽게 낙담했다.

확실하게 무리라면 라티나는 이토록 낙담하지 않았으리라.

시기가 끝나 버렸다. 올해는 흉작이라 채취할 수 없었다. 그런 이유였다면 그런대로 낙담은 했겠지만 어쩔 수 없다며 단념도 된다.

그러나 눈앞에 잔뜩 있는데 어렵다는 현실은 간단히 포기할 수 없게 만들었다. 언제 다시 이 마을을 방문할지 예측도 불가능했다. 그게 이 계절일 거라는 보장도 없었다. 『다음 기회』라는 것이 쉽게 찾아오지 않는다는 것만큼은 분명했다.

그래서 라티나는 이토록 낙담하고 만 것이다.

그런데도 라티나는 데일에게 조르지 않았다.
이렇게 알기 쉽게 실망했다고 표정에 드러내고 있으면서 요망을 입 밖으로 꺼내지 않았다.

여관을 향해 밤길을 나란히 걸으며 데일은 말수가 적어진 라티나에게 말을 걸었다. 화난 것도 아니고 어이없어하는 것도 아닌 다정하고 조용한 목소리에는 미약한 난처함이 담겨 있었다.
"……라티나는 좀 더 나한테 고집을 부리거나 졸라도 돼."
"데일?"
축광석이 희미하게 빛나고 있었다.
그 빛을 받은 라티나의 얼굴은 울적한 표정이라 아련하게 아름다웠다.
하지만 데일이 가장 보고 싶은 것은 그런 표정이 아니었다.
"나는 라티나를 위해서라면 꽤 힘낼 수 있어."
자선 사업은 자신과 맞지 않고, 영웅이라고 불리는 것에도 관심 없다. 하지만 그녀의 웃는 얼굴을 위해서라면 자신은 무슨 일이든 하고 만다.
그녀의 미소를 지키기 위해서라면 마왕을 쓰러뜨리는 것조차 쉬운 일이었다.
"라티나의 『부탁』이라면 최대한 이루어 줄 거야."
"데일……."
어스름한 빛의 길. 환상적인 그 공간에서 울적한 얼굴의 공주님은 희대의 용사의 손을 잡았다. 그리고 촉구받은 금단의 부탁을 입에 담았다.

"버섯 먹고 싶어……."

영웅담의 한 구절 같은 상황임에도 불구하고 라티나가 꺼낸 것은 로맨틱과 거리가 먼 대사였다.

마왕과 같은 선상에 두고 할 이야기는 아니었다. 이 유감스러운 용사에게 토벌당한 마왕이 너무 불쌍해지는 순간이었다.

"그래. 내일 빈트랑 잠깐 둘이 같이 있어."

마침내 사랑하는 어린 아내가 꺼낸 보기 드문 응석에 데일은 매우 기뻐하며 활짝 웃었다.

†

검은색 가죽 코트와 왼손의 비갑. 허리에 찬 롱소드. 평소처럼 무장한 데일은 밤중에 여관을 나섰다. 사실 이른 아침에 나가도 상관없었지만 라티나의 숙면을 방해하기 미안하다는 이유에서였다. 라티나는 걱정했으나 마족이 된 데일에게 수면은 예전처럼 중요하지 않았다. 며칠 정도라면 휴식하지 않아도 문제없었다.

식량 등도 필요 없었기에 짐은 최소한으로만 챙겼다.

아페 안쪽의 원천에는 예전에 가 본 적이 있었다. 원래는 라티나를 데려가고 싶었던 곳이라서 지형과 장소는 미리 복습해 왔다. 하지만 밤이라 시야가 좋지 않았다. 그래서 만약에 대비해 숲 안쪽으로 들어가기 전에 평소보다 정성 들여 마력을 다듬었다.

"「우리의 신에게 속한 존재여, 대지여, 나 데일 레키의 이름하에 명하노니—.」"

외운 것은 데일의 특기인 『땅』 속성 마법 중에서도 사용 빈도가 높은, 주변 지형과 방향을 파악하는 마법이었다. 데일이 잘하는 마법이라고 바꿔 말해도 좋았다. 감각적으로 주변 지형을 장악한 데일은 불안을 찾아볼 수 없는 확실한 발걸음으로 안쪽으로 나아가기 시작했다.

데일은 이 숲을 자세히 알지는 못했다.

하지만 식생과 환경을 보고 추측할 수는 있었다.

시선을 집중해 어둠 속에서 기척을 찾는다. 흙과 초목의 냄새 속에서 이상을 찾는다. 희미한 위화감을 놓치지 않고 그 이유를 찾아낸다.

무서운 집중력이고 능력이었다.

원래 데일은 『마족』이 되기 전부터 숲 탐색이 특기였다. 익숙한 일이라며 방심하지 않았고 집중이 끊어지지도 않았다.

"탄 자국……?"

나무줄기에 생긴 상처를 확인하고 눈썹을 찌푸렸다. 비교적 최근에 생긴 상처로 보이는데 상처 표면이 융해되고 눌어붙은 모양새였다. 반면 주위 풀숲에서 불이 꺼진 흔적은 보이지 않았다. 자연 발화한 것이 꺼졌다고 하기에도 부자연스러웠다.

"……."

묵고하며 이유를 추측했다. 여럿 떠오른 이유 중 몇 가지는 가능성이 낮은 헛소리에 가까웠다. 하지만 그것을 부정할 재료를 찾는 과정은 확실한 결론에 이르기 위한 길이 된다.

물론 데일은 「마수가 원인. 마수의 이상 발생 가능성」이라는 위험성 높은 이야기를 듣고서 라티나를 여관에 두고 단독 행동에 나선 것이지만, 이런 부분에도 그의 『유감스러움』이 숨어 있었다.

진지하게 『일』하는 데일의 모습은 영웅이라는 명성에 걸맞았다. 날카로운 시선을 던지는 눈도, 긴박감이 느껴지는 진지한 표정도, 역전의 모험가로서 아무런 위화감이 없었다.

라티나는 그런 데일의 모습을 모른다.

라티나가 지금 데일의 이런 근사한 모습을 봤다면 『멋있다』라며 솔직하게 칭찬했을 것이다. 몰랐던 그의 일면을 볼 수 있었다며 뺨을 물들였을 것이 틀림없다.

하지만 동시에 이런 데일의 모습은 『라티나가 없기에』 볼 수 있는 것이었다. 라티나가 옆에 있으면 데일은 어느 때나 표정과 긴장감이 풀어지고 그녀를 힘껏 예뻐하기를 잊지 않는다. 진지한 표정과 심각한 분위기는 그를 넘어서는 넘치는 사랑에 함몰되어 버린다.

그래서 라티나는 『영웅다운』 데일의 모습을 볼 수 없었다. 그리고 아마 앞으로도 실현되기는 어려웠다.

이것을 유감스럽다고 하지 않으면 뭐라고 말할 것인가.

아침 해가 뜨며 주위가 밝아지기 시작해도 시야가 트이지는 않았다.

안개가 짙게 끼어 있었다. 바다가 가깝기도 하니 안개가 발생하는 토지일지도 모른다. 하지만 기온과 계절 같은 기상 조건이 맞지 않는다고 느꼈다.

그러나 이것도 마수가 일으킨 일이라면 이 주변 일대가 폐쇄된 것도 수긍이 갔다. 희뿌연 시야는 길을 훤히 꿰고 있는 지역 주민의 탐색도 어렵게 한다. 조난되는 사태를 피하기 위한 방호책이기도 했으리라.

"그래서 엄청난 안개 때문에 새하얬어."

그런 보고와 추측을 데일은 아침 식사 자리에서 라티나에게 피로했다.

"흐와아아…… 한번 보고 싶다. 하지만 미아가 되려나……."

"내가 라티나를 놓칠 리 없으니까 괜찮아."

"터져라."

라티나의 발밑에 예의 바르게 앉은 빈트가 꼬리를 흔들며 추임새처럼 태클을 걸었다.

"이 여관의 조식, 맛있네."

"응."

당연하다는 듯 데일이 여관에 돌아와 라티나와 마주 앉은 것은 조식 시간이기 때문이었다.

데일에게는 어디까지나 라티나와의 여행이 주목적이고 마수 탐색은 겸사겸사하는 일이었다. 매일의 일과이자 활력제인 함께 아침 먹기를 소홀히 할 이유가 되지는 못했다.

"여관 주인에게 사정을 아는 녀석을 소개해 달라고 해서 이 상황의 원인이 마수라고 추측한 이유를 들어 볼 생각이야. 그게 내 추측과 일치한다면 되도록 빨리 정리하고 올게."

"……응."

데일이 너무나도 간단히 말해서 라티나는 그를 걱정해야 할지 판단할 수 없게 되었다. 데일의 모습을 보면 사태가 매우 간단한 것처럼 여겨졌다.

'하지만 마을 주둔병들은 대처할 수 없다고 했었지……?'

"빈트랑 함께라면 마을을 산책해도 좋지만 조심해."

오히려 데일이 라티나를 걱정했다.

알겠다며 얌전히 수긍하면서도 라티나는 내심 고개를 갸웃했다.

데일은 어디까지나 식후 산책이라도 하러 가는 듯한 분위기였다. 마수 퇴치라는 것이 그렇게 태평하게 임해도 되는 일이었던가.

한없이 가벼운 느낌의 데일을 배웅하고 식후 차를 즐겼다.

생각해 봤자 알 수 없는 일을 계속 붙잡고 있어도 별수 없다고 결론지었다. 하루가 비어 버렸다. 잡화점을 순회해 볼까. 어제 들렀던 가게 외에도 찾아보면 재미있는 것이 발견될지도 모른다. 그래, 오늘도 커다란 목욕탕에 가 보자. 차례차례 떠오르는 생각을 늘어

놓으니 하루 예정이 꽉 차는 것 같았다.

"빈트도 온천에 들어갈 수 있으면 좋을 텐데."

모처럼 왔으니까 동행견인 빈트도 즐기면 좋겠다고 혼잣말을 흘렸다.

"컹?"

"수인족도 이용하니까…… 일단 물어보기라도 할까."

열망했던 러브러브 혼욕 데이트를 부재중에 애완견이 실현할 사태가 됐다는 것은 데일도 예측하지 못한 일이었다.

슬라임이라는 마물이 있다.

분열하여 늘어나는 단순한 구조의 생물이라고 여겨지지만 그 생태에는 알 수 없는 부분도 많았다. 그래서 생물 전반에 쓰이는 『마수』라는 호칭이 아니라 비생물에게 쓰이는 『마물』로 분류되었다.

보유 마력이 매우 많은 것도 이유 중 하나였다.

그래서 슬라임이라는 종은 원래 인공적으로 만들어진 마법 생명체이고, 그것이 야생화한 것이 오늘날 볼 수 있는 슬라임이라는 설이 있기도 했다.

또한 환경에 따라 다양성을 획득해 나가는 특징을 가지고 있었다. 그 결과, 여러 아종이 있는 마물로도 잘 알려져 있었다.

"추측한 대로네."

원천 근처, 찰랑찰랑 맑은 물이 고인 샘 옆에서 데일이 중얼거렸다.

맑은 물이 안쪽에서 기묘하게 출렁였다. 바람에 흔들리는 수면과 달리 농도가 다른 뭔가가 숨어 있는 것처럼 무겁게 출렁이고 있었다.

신체 조직 대부분을 수분에 의존하는 슬라임은 물가를 좋아했다. 또한 보유한 강한 마력을 이용해 주위의 수분 농도를 높이는 마법 현상을 일으키기도 했다. 오늘 아침에 봤던 안개는 그 여파로 일어난 것이리라.

"원천 쪽에는 없었으니 열 내성은 없는 모양이야."

불행 중 다행이었다. 원천이나 온천을 경유하여 아페에 들어간다면 피해는 이루 헤아릴 수 없는 규모가 된다.

그리고 무엇보다도 그런 일이 벌어지면 라티나가 위험해진다.

그런 일을 간과할 수는 없었다. 쉽게 변질하는 슬라임이 열 내성을 획득하기 전에 찾아서 다행이라고 행운에 감사했다.

슬라임에게 물리 공격은 통하지 않았다.

일반적으로 보는 개체는 실제로 한 마리가 아니라 매우 적은 슬라임의 집합체였다. 검으로 베고 망치로 때려도 전체에 미치는 영향은 미미했다. 게다가 단순한 구조의 생물이기에 통각이 없었다. 고통 때문에 행동이 제한되는 사태도 일어나지 않았다.

체내 수분은 사냥감을 소화하기 위해 강한 산성 액체로 이루어져 있다. 섣부른 공격은 무기를 마모시키고 피부가 녹아버리는 악수다.

그렇기에 데일은 망설이지 않고 마법을 쓰기로 했다. 마력을 다듬고, 긴 영창을 끝내고, 『현상명』을 선언했다.

"「《소환:대지》.」"

평소 쓰는 《대지변화》와는 다른 주문은 데일이 바란 결정을 샘 바닥에서 솟구치게 했다. 귀석 결정처럼 마력 친화성이 높은 것으로는 이렇게 할 수 없지만 흔한 소재라면 가능했다. 석영 우리는 자연계에서 있을 수 없는 벽이 되어 슬라임을 바깥 세계와 단절시켰다. 데일이 아는 평균치와 비교도 안 되게 거대한 슬라임의 전모가 드러났다.

자신에게 일어난 이상을 알아차렸는지 슬라임 일부가 파열했다. 자폭처럼 보이는 행동은 집단을 지키기 위해 일부를 희생하는 공격 수단이었다. 터진 액체가 주위를 침해했다.

데일은 이어서 주문을 거듭했다.

석영벽이 촘촘해졌다. 흘러나온 산은 미미했고, 갈 곳을 잃은 대부분은 슬라임의 신체 위에서 출렁였다. 석영으로 만들어진 일그러진 사발 같은 구조체에 갇힌 슬라임이 출구를 찾아 이동을 시작하는 모습을 보며 데일은 혼자 중얼거렸다.

"크네……. 라티나가 있었으면 엄청 관심을 보였을 거야. 위험했어……."

역시 이 남자는 한결같았다.

"빈트를 데려올 걸 그랬나. 하겔의 『불』 마법, 섬멸전에 편리했는데."

인간은 편해지면 안 된다며 쓰게 웃는 이유가 몹시 흉흉했다.

그래도 데일은 새로운 마법을 위해 의식을 집중했다. 특기인 『땅』 속성 외의 마법은 『주황의 신(코르모제이)』의 은혜가 미치지 않아서 마력을 소비하게 된다.

하지만 데일은 『마족』이 되면서 보유 마력량도 늘어났다. 이렇게 도주로가 막힌 상대에게 시간이 걸리는 영창을 하는 것에도 지장이 없었다. 커다란 마법을 발동하는 단점은 해소된 것이다.

무사히 발동한 마법이 초자연 현상을 일으켰다.

갑자기 일어난 냉기 소용돌이가 체내 구성 요소 대부분이 수분인 슬라임의 세포 하나하나를 덮쳤다. 순식간에 희뿌예진 슬라임의 체액이 희미한 파열음과 비슷한 높은 소리를 내며 얼어붙었다.

완성된 얼음 기둥 앞에서 데일은 한숨을 한 번 쉬었다.

"이거 정리하기 전에 주변에 남아 있진 않은지 확인하는 편이 좋겠지."

이렇게 큰 개체가 된 것은 없을 것이다. 하지만 작은 개체는 주위에 숨어 있을 가능성이 있다.

"겸사겸사 라티나가 먹고 싶어 했던 버섯이 발견되면 좋겠는데."

버섯을 따는 김에 잔당을 사냥하는 것처럼 중얼거린 데일은 숲 속으로 들어갔다.

"그래서 이게 슬라임을 말린 거야."

마치 아침 식사의 대화를 이어 하는 것처럼 여관방에 돌아온 데일이 가볍게 꺼낸 것은 울퉁불퉁한 반투명 덩어리였다.

"슬라임?"

빈트가 열심히 킁킁거리며 냄새를 확인하는 물체는 라티나가 아는 『슬라임』의 이미지와 거리가 멀었다.

"안 탱글탱글해?"

"탱글탱글한지는 단언할 수 없는데."

"이렇게 딱딱하구나."

"아니, 건조시킨 거라니까."

그 후, 작은 개체도 몇 마리 잡은 데일은 그것들도 냉동했고, 한데 모아 마법으로 수분을 뺐다. 바싹 건조시키는 것은 퇴치함과 동시에 토벌 완료의 증명으로 적당한 곳에 제출할 수 있다는 이점도 있었다.

"아직 남아 있을지도 모르니까 한바탕 청소하는 편이 좋을 거라고 전하면서 건네주려고 가져온 거야. 슬라임은 아종이 많아서 미리 종류가 특정되면 대책을 세우기도 쉽거든."

"흐응……."

그렇게 정말로 아침에 나가 저녁 무렵에 돌아온 데일의 모습은 라티나가 사태의 심각성을 인식하기 어렵게 했다. 원래 크로이츠에서도 마수 퇴치를 일과로 삼던 데일을 보며 자라기도 해서『엄청난 일』이라는 것을 알지 못했다.

"슬라임, 먹을 수 있어?"

"산성 덩어리니까 무리야."

그렇게 대답한 데일 옆에서 예상외의 발언을 한 것은 냄새를 확인한 결과, 결론에 이른 빈트였다.

"이거, 엄청 맛없으니까, 무리."

"먹어 본 적 있어?"

"귤색, 조금 시다. 잡기 쉽다. 어릴 때 간식."

"……먹을 수 있는 건가."

오렌지색 슬라임 아종은 새끼 천상랑들의 간식거리인 모양이었다. 확실히 색깔은 조금 맛있어 보일지도 모른다.

하지만 라티나가 이 화제에 이 이상 관심을 가지는 것은 문제였다.

"아, 라티나."

그래서 데일은 의도적으로 화제를 바꿔서 이 이야기를 계속하는 것을 강제로 저지했다.

"네가 먹고 싶어 했던 버섯, 따 왔어. 여관 요리사한테 줬으니까 아마 저녁밥으로 나오지 않을까?"

효과는 직방이라 라티나는 환하게 웃으며 저녁밥 생각으로 머릿속이 가득 차게 되었다. 너무나도 행복해 보여서 데일도 버섯을 따러 간 보람이 있었다며 미소 지었다.

염원하던 버섯을 먹게 됐을 때, 라티나는 더더욱 활짝 웃었다.

심산 살구 장작으로 가볍게 구운 것에 아주 살짝 소금을 쳐서 먹었을 때는 솔직하게 감동을 나타냈다. 삼키기 아깝다는 듯 씹는 것조차 즐기며 흘러넘치는 깊은 맛을 만끽했다.

"굉장해…… 맛있어……."

확실히 요리는 만족스러웠지만, 그 이상으로 데일에게는 라티나의 웃는 얼굴이 최상의 진수성찬이었다.

†

그리고 데일에게는 적극적으로 이번 마물 토벌에 나선 이유가 하나 더 있었다.

라티나와 함께 원천을 관광하는 것이 본래 데일이 아페를 찾아온 이유 중 하나였다.

대대적으로 폐쇄가 해제된 것은 아니었으나, 폐쇄 이유가 명백해지고 원인이 제거된 이상, 두려워할 필요는 없었다.

'그리고 나한테는 좋은 상황이야!'

데일은 속마음을 숨기지 않고 웃으며 라티나를 돌아보았다. 그녀는 조금 멀리 산책을 나온 오늘의 외출에 벌써부터 신이 난 모양이라 데일의 모습에도 의문을 느끼지 않고 웃는 얼굴로 화답했다.

맑은 하늘을 올려다보고 숲의 나무 그늘에서 발을 멈췄다.

크로이츠라는 도시에서 자란 라티나에게는 깊은 숲속의 모습과 짙은 녹음의 향기도 신기하게 느껴지는 듯했다. 풍부하게 감정을 나타내는 표정이 그런 내심을 여실히 드러냈다.

재차 걷기 시작하는 라티나에게서 모르는 곳에 있다는 불안은 느껴지지 않았다.

그런 그녀의 모습에서 자신을 향한 신뢰가 보여서 데일도 행복한 기분이 전염된 것처럼 미소 지었다.

앞장서 걷고 있는 빈트의 꼬리도 즐겁게 흔들리고 있었다.

숲속의 좁은 길을 나아갔다. 나무뿌리가 튀어나온 흙길은 걷기 편하지 않았지만, 정비된 길이 아니라는 것조차 즐거운 듯했다. 폴짝폴짝 뛰어서 피하며 걸어갔다. 넘어지진 않을까 데일이 걱정한 순간을 가늠한 것처럼 라티나가 균형을 잃었지만 순간적으로 손을 내밀어 받쳐 주는 데 성공했다.

실수했다며 쑥스러워하는 라티나에게 쓰게 웃으며 「떼끼」 하고 혼내는 것도 잊지 않았다.

독특한 구린내가 강하게 감돌아서 목적지가 가까워졌음을 느낄 수 있었다. 동시에 들린 커다란 물소리는 목적지가 어떤 장소인지를 나타냈다.

"강인 줄 알았는데…… 아니야?"

"어."

가볍게 대답하고 비탈을 내려갔다.

라티나가 미끄러지지 않도록 때때로 손을 잡아 줬다. 빈트는 걷기 불편한 곳은 파닥파닥 날아서 갔다. 그런 요령은 아주 좋았다.

"우와아……."

감탄하며 올려다보는 라티나 앞에 훌륭한 폭포가 있었다. 바위 표면에서 끊임없이 떨어지는 수량은 풍부하여 폭포의 규모가 컸다.

"굉장해……."

"폭포로도 훌륭하지만. 이곳이 굉장한 건 그뿐만이 아니야."

"응?"

고개를 갸웃하는 라티나를 재촉하여 용소로 향했다. 떨어지는 물을 받는 용소는 상당히 깊었고 샘처럼 펼쳐져 있었다.

그곳에 손을 넣은 라티나가 깜짝 놀란 표정을 짓더니 뒤늦게 데일을 보았다.

"뜨거운 물?"

"이 폭포 위에 원천이 있어서 강물과 함께 떨어지거든. 이 폭포 전체가 온천이야."

"굉장하다, 굉장해!"

그것은 라티나도 예상하지 못했던 모양이다. 눈을 반짝반짝 빛내며 재차 용소에 손을 넣고 신나게 휘저었다.

그런 라티나의 모습을 보고서 물놀이를 해도 된다고 판단한 빈트가 용소에 뛰어들었다. 빈트는 데일도 깜짝 놀랄 만큼 능숙하게 헤엄쳤다.

"들어가서 목욕해도 될 만큼 크네."

"모험가 동료 사이에서는 제법 유명해. 실제로 들어가는 녀석도 많아. 마을 목욕탕과는 운치가 다르다며 꽤 호평인 것 같아."

"그렇구나."

아무렇지도 않게 설명했지만 이것이야말로 데일의 흑심 가득한 『목적』이었다.

라티나는 수치심이 강하다. 약혼하고 결혼에 이르기까지 몇 년이나 지났지만 그 부분은 예전부터 별로 달라지지 않았다.

그런 라티나지만 동시에 그녀는 호기심이 무척 강했다.

그녀의 호기심을 자극할 만한, 일상에서는 맛볼 수 없는 상황.

그런 환경을 준비하면 평소보다 더 달달하고 뜨거운 시간을 보낼 수 있을 것이다. 개방적인 기분이 되어 함께 입욕을 즐길 수 있을 것이 틀림없다.

마물 소동의 여파로 다른 사람의 출입이 제한된 것은 행운이었다. 다른 여행자와 딱 맞닥뜨리는 사태도 일어나지 않는다. 그것도 그녀를 부추길 이유가 되리라.

오랫동안 알고 지내며 그녀의 성격도 파악하고 있었다.

분명 일은 잘 풀릴 터였다.

그럴 터였지만…….

"굉장해."

동심으로 돌아간 것처럼 찰박찰박 물을 튀기며 노는 라티나를 바라보고 있는 사람은 데일뿐만이 아니었다.

아페 마을 사람들이라는 갤러리가 있었다.

죽은 눈으로 마을 사람들을 바라보던 데일이 표정을 싹 바꾸고 라티나를 보았다. 속마음이 아주 뻔히 보이는 남자였다.

이 상태가 된 이유는 데일 자신에게 있었다.

어제 데일은 라티나가 기뻐했으면 좋겠다는 그 마음 하나로 이 근방에서만 딸 수 있는 버섯을 채취하여 여관의 요리사에게 맡겼다. 그리고 마물 소동의 사정을 물었던 여관 주인에게 말린 슬라임을 넘겼다.

애초에 여관 주인이 마을의 이미지를 망칠 터인 마물 소동의 정보를 데일에게 쉽사리 밝힌 것도 데일 레키라는 영웅의 이름을 알았기 때문이었다. 그 남자가 사태의 수습을 보고했다.

상황을 확인하는 것도 당연하리라.

마을 사람들이 있는 것을 보고 그것을 이해한 데일은 죽은 눈빛을 할 수밖에 없었다.

그리고 역시 여러 사람이 모인 가운데서 라티나 상대로 흑심 가득한 소망을 입 밖으로 꺼낼 수는 없었다.

데일의 소망은 무참히 부서졌고 라티나는 관광을 만끽했다. 그리고 야취 넘치는 온천을 가장 잘 즐긴 것은 사심 없는 빈트였다.

아페 마을 사람들도 포함하여 모두가 대체로 행복했고 가장 모나지 않은 타협점에 도달했다. 해피엔딩이었다.

2. 이야기가 시작되기 전, 어떤 부부가 부부의 연을 맺기 전의 이야기.

라티나가 그 옛날이야기를 듣게 된 계기는 그날 『춤추는 범고양이』에 한 손님이 찾아온 것이었다.

『범고양이』를 이용하는 손님은 모험가뿐만이 아니다.

『초록의 신(아크다르)』 신전의 출장 기관인 이 가게에는 주변의 다양한 상황을 알기 위해 여행자나 상인들도 들렀다. 자연재해로 가도 통행이 막혔다면 대기나 우회를 고려해야 하고, 가도에 도적이나 마수가 나타났다는 정보가 있으면 호위를 고용할 필요가 생긴다.

중대한 뉴스가 없음을 확인하는 것이야말로 안전한 여행을 이어가기 위해 필요한 일이었다.

"어서 오세요."

밝은 목소리로 손님을 맞이하는 것은 간판 아가씨인 라티나의 일과였다. 그녀의 명랑한 목소리가 울리는 점내는 우락부락한 모험가들이 모이는 곳이라고는 생각할 수 없을 만큼 건전하고 온화하게 느껴졌다.

맞이한 손님의 모습을 순간적으로 파악하는 것은 간판 아가씨로서 오래 일한 라티나에게 무의식적인 행동이었다. 처음 온 손님임을 알고서 몸에 걸친 의류와 장비로 직종 등을 추측했다.

자신보다 나이가 많은 남성의 여행복은 질이 그리 나쁘지는 않지만 전투 등에 적합한 종류는 아니었다. 눈에 보이는 유일한 무기는 허리에 찬 단검뿐이었는데 그 크기나 형태를 볼 때 전투직이나 모험가라고는 생각할 수 없었다.

'마법사 같지도 않아. 상인도 아닌 것 같고…… 조금 잘 사는 집안의 여행자려나.'

속으로 중얼거리며 라티나는 손님 곁으로 다가갔다. 『모험가』가 아닌 손님의 목적은 대부분 정보 확인이나 모험가를 대상으로 한 의뢰였다. 일반적인 술집의 영업시간으로는 이르지만 음식이 목적인 손님일 수도 있다. 손님의 신원을 추측하는 것은 내점한 손님에게 적절한 서비스를 제공하기 위해 어느새인가 라티나가 익힌 능력이었다.

"어서 오세요. 처음 오신 손님이시죠? 『초록의 신』 신전의 게시판은 저쪽입니다."

생긋 미소 지은 라티나가 먼저 게시판을 안내하는 것도 처음 온 손님 대부분이 정보의 말단 기관으로서 이 가게를 이용하기 때문이었다.

"고맙네."

짧게 대답한 손님은 게시판 쪽으로 걸어가려다가 발걸음을 멈추더니 뒤돌아 라티나를 보았다.

"그렇지, 참. 이 가게는 가벼운 식사도 가능한가? 점심을 못 먹었는데."

"네. 가능합니다. ……카운터석으로 안내해 드려도 될까요?"

테이블석도 비어 있었지만 일부러 그쪽을 피한 것은 슬슬 단골 손님들이 모이기 시작할 시간이기 때문이었다. 일반객이 거친 모험가들에게 둘러싸이면 위축된다는 것은 라티나도 아는 사실이었다.

"메뉴에 있는 것 외에 특선 메뉴를 1인분으로 시킬 수도 있습니다."

"그럼 그걸로."

"음료는 어떻게 하시겠어요?"

라티나는 붙임성 있으면서도 빠릿빠릿하게 웃음을 잃지 않으며 주문을 받았다. 주방에 있는 케니스에게 메뉴를 전하고서 주문받은 음료는 그대로 자신이 준비했다.

"음료 나왔습니다."

유리잔을 건네고 요금을 받은 순간, 가게 문이 열렸다. 반사적으로 인사한 후에 단골손님이 왔음을 확인했다.

"어서 오세요."

"그래. 늘 마시던 거로."

"네."

"다른 녀석들도 슬슬 올 테니까 안주는 한꺼번에 줘."

"알겠습니다."

늘 오는 아저씨들이라 대충 주문해도 통했다. 하지만 라티나는 평소와 달리 발을 멈춘 채 질문을 꺼냈다.

"있죠, 오늘은 조개 마리네이드가 있는데, 싫어하지 않으시면 드려도 될까요?"

"오? 보기 드문 음식이네."

"아직 레시피를 연구 중이지만. 이 정도면 손님에게 내도 괜찮다고 케니스에게 합격점도 받았으니까 감상이 궁금해서……."

라티나의 그 대답에 단골손님 아저씨의 표정이 희미하게 풀어졌다. 최근 새색시가 됐다고는 하지만 『간판 아가씨』라는 호칭을 반납하지 않은 그녀가 직접 만든 메뉴라는데 기분이 나쁠 리가 없었다.

참고로 라티나의 메뉴 개발에 스승인 케니스는 엄격하면서도 정확한 조언을 해 줘서 값진 상담 상대였지만 데일은 전혀 도움이 되지 않았다. 라티나라면 껌뻑 죽는 데일에게 그녀가 만드는 요리는 전부 맛있었다.

하지만 그렇다고 데일을 책망하기는 어려웠다. 프로 의식이 높은 라티나가 타인에게 맛을 봐 달라고 할 때는 이미 일정 수준 이상의 완성도를 갖춘 음식을 내놓았다. 라티나와 데일은 애초에 추구하는 퀄리티가 달랐다.

"요리 나왔어."

그렇게 라티나가 단골손님과 대화하고 있을 때 케니스가 반찬 몇 종을 담은 그릇과 빵이 든 바구니를 들고 주방에서 얼굴을 내밀었다. 그리곤 카운터석으로 성큼성큼 걸어와 들고 있던 그릇과 바구니를 차리며 말했다.

남자가 목소리를 낸 것은 그때였다.

"……당신은."

"음?"

감격한 듯한 목소리가 자신에게 향한 것임을 알아차린 케니스의 눈썹이 살짝 모였다. 그런 케니스의 반응에도 아랑곳없이 카운터석에 있던 손님은 흥분을 감추지 못한 모습으로 의자에서 일어나 크게 외쳤다.

"설마 이런 곳에서 뵐 줄이야! 오늘은 정말 멋진 날이군요! 절 기억하십니까?!"

"어어, 그쪽은…… 아아, 분명 바르에서……."

"기억하고 계셨나요!"

인상을 찌푸린 채 케니스가 쥐어짠 명사는 라티나가 처음 듣는 것이었지만 그래도 알 수 있는 점은 있었다.

"……지금 케니스, 맞혀서 다행이라는 표정이었어……."

데일이라면 모를까, 케니스가 그렇게 반응하는 것은 보기 드문 일이라는 얼굴인 라티나 옆에서 단골손님도 고개를 끄덕였다.

"바르는 라반드국 서쪽에 있는 항구 마을이야. 그렇다면 케니스가 현역일 때 만난 사람인가……. 10년도 더 된 일을 갑자기 떠올리라고 해도 말이지……."

"나도 10년 전에 왔던 손님이 자길 기억하냐고 갑자기 물어보면 당황스러울 거야……."

고개를 주억거리는 라티나 옆으로 어느새 다가온 리타가 조금 곤란한 얼굴로 그녀에게 말을 걸었다.

"케니스는 나랑 결혼하기 전에 모험가였는데…… 라티나는 그때 얘기 들은 적 있어?"

"아니, 별로…… 데일이 『예전에 케니스에게 신세 졌다』라고 했지만 그게 다야."

"아아. 데일 녀석은 예전에 케니스의 파티에 있었으니까."

맞장구치는 단골손님을 상대로 리타도 고개를 끄덕였다.

"맞아. 그 무렵에 관한 건 나도 케니스한테 들은 얘기지만…… 데일은 고향에서 나오게 됐을 때 케니스의 파티에 맡겨졌대. 데일에게 모험가의 기초를 가르친 건 케니스라는 거지."

"그렇구나……."

"케니스가 은퇴하겠다는 말을 꺼냈을 때도 조그만 소란이 일었지. 아직 모험가로서 한창 현역이었고, 지명 의뢰도 많이 받는 견실한 파티로서 주위의 인정을 받던 일행의 리더였으니까. 은퇴하기에는 너무 빨랐어. 그래도 리타와 결혼해서 요리사가 되기 위해서라고 하니 주변 사람들은 입을 다물 수밖에."

"무슨 뜻이야."

"리타의 아버지도 리타한테는 주방을 맡길 수 없다고 늘 한탄했으니, 요리 잘하는 사위가 생긴다는데 불만이 있었겠어?"

리타와 단골손님의 대화를 들으며 라티나는 잠시 생각에 잠겼다.

『춤추는 범고양이』의 선대, 즉, 리타의 아버지와 라티나는 면식이 있었다. 리타와 케니스가 결혼하여 가게를 물려받은 이후로 선대 부부는 은퇴했지만, 근처에 살면서 가게가 바쁜 시기에는 손주인 테오와 에마를 돌봐 주었다. 그렇게 오가며 라티나와 마주칠 기회도 많았다.

"그러고 보니 리타가 주방에 있는 모습을 본 적이……."

기억을 더듬으며 라티나는 작게 중얼거렸다.

옛날에는 있었던 것 같다. 케니스 혼자서는 감당할 수 없는 재료 준비나 주방 정리 등을 리타가 보조했던 기억이 있었다. 그것도 라티나가 케니스의 제자로 일하게 되고 일손이 충당되면서 리타가 주방에 들어오는 빈도는 점점 낮아졌다. 하지만 테오가 태어나고 리타가 육아도 맡게 되었기에 특별히 이상하다고 여기지는 않았었다.

"……하지만 주방은 케니스의 일터니까…… 그냥 리타가 들어올 기회가 별로 없었을 뿐이려나……."

"물론이지."

리타가 분명하게 잘라 말하니 단골손님도 그 이상은 말하지 않았다.

"예전에 케니스는 바르에서 토벌 의뢰를 소화했다고 하는데…… 꽤 큰 마물과 싸웠던 것 같아."

"얼씨구. 케니스 일행에 관한 소문이 크로이츠까지 났던 건 다른 누구도 아닌 리타가 잘 아는 사실이잖아."

아무렇지도 않게 말하는 리타의 모습에 단골손님이 히죽히죽 웃으며 말했다. 이에 묘하게 싸늘한 웃음을 지은 리타가 표면상으로는 우호적인 어조로 대답했다.

"너무 술을 많이 마시는 것도 건강에 안 좋으니까 오늘은 특제 건강차라도 줄까?"

술집 여주인으로서 있을 수 없는 말이었다.

리타의 그 반응에 라티나는 고개를 살짝 갸웃했고, 단골손님은 의문스러워하는 기색 없이 쓴웃음을 지은 채 호쾌하게 손을 내저었다.

"그렇게 매정한 소리 마. 술이 들어가면 그런 옛날 일은 잊어버릴 테니까."

"진짜 입만 산 주정뱅이라니까."

"오늘은 아직 안 취했어."

평상시 온도로 돌아온 단골손님과 리타의 모습을 본 후, 라티나는 다시 케니스를 보았다. 여전히 케니스는 처음 온 손님에게 호들갑스러운 감격의 말을 들으며 확연하게 곤혹스러워하고 있었지만 칭찬받는 것 자체에는 위축되지 않은 모습이었다.

"응?"

자신이 받은 인상이 모순되게 느껴져서 라티나는 다시 고개를 갸우뚱했다.

"바르?"

"응. 데일은 바르라는 곳 알아? 항구 마을인 것 같은데……."

"아아. 그러고 보니 젊었을 때 간 적 있어. 어항(漁港)이 있는 작은 마을이야. 거기는 왜?"

그날 일어났던 일을 데일에게 보고하는 것은 라티나에게 어릴 때부터 습관화된 일과였다. 그렇기에 귀가한 데일을 상대로 당연하다는 듯 평소처럼 『일과』를 소화했다.

라티나는 손을 멈추지 않고 식탁 위에 척척 요리를 차리며 말을 이었다. 처음 온 손님이 케니스에게 보였던 반응을 이야기하자 데일은 쓴웃음을 지었다. 낮에 출타했던 데일은 일련의 모습을 직접 보지 못했으나 쉽게 상상이 갔던 모양이다.

"……뭔가 기세가 엄청나서 케니스도 깜짝 놀랐었어. 예전에 바르에서 케니스가 커다란 일을 했다고 리타랑 손님이 그러던데……."

"……15년쯤 전에 있었던 마수 퇴치 얘기인가? 확실히 그건 상당한 사건이었지……. 당시를 아는 녀석에게는 인상이 강하게 남았을 거야."

"데일도 알아?"

조금 놀란 얼굴이 된 라티나를 보고 데일은 뒤늦게 납득했다.

그는 그녀가 어렸을 때부터 의도적으로 자신의 『일 내용』을 이야기하지 않았다. 라반드국으로부터 자신이 받는 『일』이 때에 따라서는 『그녀의 동족』을 도륙하기도 하는 피비린내 나는 내용이었기 때문이다.

그래서 데일은 자신이 『모험가』로서 구체적으로 어떤 일을 하는지 라티나에게 이야기한 적이 별로 없었다.

희석한 와인으로 입을 적시며 뭐부터 이야기해야 할지 고민했다.

"라티나한테는 그다지 재미있는 얘기가 아닐 수도 있지만……."

그렇게 말문을 뗀 데일은 옛날이야기를 시작했다.

†

라반드국 대귀족인 에르디슈테트 공작과 티스로우의 계약으로 데일이 직속 임무를 맡는 것이 결정된 열다섯 살 때. 티스로우 당주인 벤델가르드는 그래도 손자를 곧장 공작에게 파견하지는 않았다.

"지금까지 받게 했던 교육이 쓸모없다고 하지는 않겠지만 그것만으로는 부족할 게야. 그러나 내가 젊었을 때 어울렸던 녀석들은 역시 은퇴했겠지……."

애용하는 곰방대를 한 손에 들고 흔들며 그렇게 말한 벤델가르드는 길게 연기를 토했다.

"할멈이 젊었을 때 어울렸던 사람이라니……."

조부모가 어떻게 결혼했는지를 아는 15세 데일은 그렇게 중얼거리며 미묘한 표정을 지었다. 조부모가 젊었을 때 『모험가』라고 불리는 거친 일에 종사했다는 것은 알고 있었고, 수십 년이 지난 지금도 그때의 인맥이 커다란 재산으로 남아 있다는 것도 알고 있었다.

하지만 엄청난 능력의 소유자인 조모의 오랜 지인이라면 여전히 현역인 사람이 몇 명 있어도 놀랍지 않은 것 또한 사실이었다.

"교섭술이나 예의 작법이 상대와 논쟁하기 위한 무기가 된다는 건 너도 랜돌프를 보고 알았겠지."

"그야 뭐…… 아직 나는 아버지처럼 못 한다는 것도 알고 있어."

"앞으로 네가 상대할 자는 아주 다양할 게야. 세상 물정 모르는 촌놈이 부닥치기에는 경험이고 뭐고 부족하지. 그래서."

벤델가르드는 거기서 말을 한 번 끊고 손자를 똑바로 보았다.

“너를 타르나트 파티에 맡길 생각이다. 너도 면식이 있지? 바이스 대상(隊商)을 경호하는 녀석들 말이야. 거기서 『모험가』로서의 행동 방식을 배우거라. 공작의 일을 할 때도 도움이 될 게다.”

후에 생각한 것인데, 당시 대상 호위로 티스로우에 드나들던 모험가 중에는 젊은 케니스 파티보다 이름 있는 자들도 있었다. 그런데도 당시에는 아직 옛 성인 『타르나트』를 쓰던 케니스에게 손자를 맡기기로 한 것을 보면 사람을 판별하는 벤델가르드 할멈의 안목이 뛰어나다고 할 수 있을 것이다.

기본적으로 사람이 좋고 잘 챙겨 주는 성격인 케니스는 동시에 주위를 파악하는 통솔자로서의 능력도 뛰어났다. 데일은 장남 기질이 있어서 남을 잘 의지하지 못하는 면이 있었다. 하지만 굳이 도움을 구하지 않아도 케니스는 그런 데일의 상황을 잘 알아차렸다. 후에 라티나의 스승이 되어 어릴 때부터 그녀의 실질적인 보호자로서 지도를 맡겼던 점도 포함해 데일은 케니스에게 여러 가지로 배울점이 많았다.

그리고 그런 케니스의 자질을 확실하게 파악한 조모의 혜안에 솔직히 말해서 데일은 묘하게 분한 마음이 들고 말았다.

당시 케니스의 파티에는 총괄자이자 중전사였던 케니스 외에 네 명이 소속되어 있었다. 궁수면서 간이 회복 마법도 쓸 줄 알았던 카렐, 전위형 경전사인 헬무트와 살로모, 그리고 『불』 『물』 속성 마법사 스키피오였다. 젊은 모험가 파티임에도 불구하고 마법을 쓸 수 있는 자가 여럿 있는 것은 드문 일이었고, 전위도 상황에 따라 창과 검을 다루는 헬무트와 여러 단검을 다루는 살로모가 역할을 분담하고 있었다. 사람부터 마수까지 어떤 상대든 대응할 수 있는 파티였고, 호위 임무나 마수 토벌, 채집 등 한 가지에 특화되지 않고 다양한 종류의 의뢰를 받을 수 있는 파티였던 것도 데일이 경험을 쌓기 적절하다고 판단된 이유였다.

데일을 맡기기로 하면서 일족의 당주인 조모와 당주 대리인 아빠 랜돌프는 케니스 일행을 저택에 불러 환대하고 정식으로 의뢰했다. 케니스 일행에게 미리 타진을 했었는지 데일을 맡는 것을 거절하지는 않았지만 그래도 케니스는 한마디 말해 두는 것을 잊지 않았다.

"나는 교육자가 아니고 아직 풋내기야. 선배로서 할 수 있는 일은 최대한 해 주고 싶지만, 기대에 부응할 수 있을지는 보장할 수 없어."

하지만 만만치 않은 조모를 상대로 전혀 위축되지 않는 것만으로도 데일이 케니스라는 인물을 높이 평가하기에는 충분했고, 벤 할멈도 전혀 신경 쓰지 않으며 껄껄 웃었다.

"그건 이쪽이 할 말이지. 우리 바보 손자에게 장래성이 없는 것 같으면 언제든 돌려보내도 돼. 그렇게까지 책임지지 않아도 되니까. 그저 이런 산속에서는 알 수 없는 세상을 녀석에게 보여 주길

바랄 뿐이야.”

그런 경위로 맡겨진 데일은 나이에 걸맞게 세상 물정에 어두운 면이 있긴 했지만 곧장 유능함을 발휘했다.

일족의 재주인 활에 더해 조부와 부친에게 배운 검술. 게다가 『주황의 신』에게 받은 『땅』 속성 마법의 재능으로 원거리부터 근거리까지 다양한 상황의 전투에 대응할 수 있었다.

하지만 『유능함』은 그것만을 가리키지 않았다.

데일은 사냥꾼 일족인 티스로우 사람으로서 사냥 기술뿐만 아니라 사냥감을 해체하고 처리하는 기술도 터득하고 있었다. 야영까지는 아니었지만 야외에서 활동하는 기술도 익히고 있었다. 티스로우에서는 기본적인 능력이라 어릴 때부터 단계적으로 취득한 것이었으나 도시 사람은 그렇지 않았다. 그것은 동시에 데일이 당주 가문의 적자로서 금이야 옥이야 자란 것이 아니라 야외에서도 어느 정도는 자기 일을 스스로 할 수 있다는 뜻이었다.

아직 데일은 어린 티가 남은 소년이었지만 일반적인 『신출내기 모험가』보다 훨씬 『기초』가 잡혀 있어서 파티 멤버들은 곧장 그를 어느 정도 높이 평가한 것 같았다. 동시에 데일도 조모와 부친이 자신을 이 파티에 맡긴 것이 일종의 유예 기간임을 이해하고 있었다. 바깥세상에 내보내진 것이나 풋내기 취급을 받는 것에 툴툴거릴 새는 없었다. 잡일을 배정받아도 원래는 『전부 자신 혼자서』 짊어져야 하는 일이었다. 배울 수 있는 환경만이라도 갖춰진 것에 감사해야 한다는 것도 알고 있었다.

딱히 데일은 달관한 것도 아니었고 전부 납득한 것도 아니었다. 그의 심정과 나이를 고려해도 그건 어쩔 수 없는 일이었다. 하지만 그래도 주위 어른들이 걱정한 만큼 사나워지거나 자포자기하지 않은 것은 역시 친형 같은 존재로서 데일을 뒤에서 돌봐 준 케니스의 덕이 컸으리라.

케니스 또한 모험가로서는 젊은 축으로 분류되는 나이였으나, 티스로우의 차기 당주 후보로 교육받던 데일도 파티의 열쇠라고 인정할 만한 능력을 그에게서 느꼈다. 겉모습이 주는 영향도 있었을 것이다. 케니스의 큼직한 체구와 낮은 목소리는, 사람 좋은 성격도 한몫하여 믿음직한 총괄자라는 인상을 주었다. 그뿐만이 아니라 일행의 책임자로서 앞에 나설 때는 대치하는 자에게 위압감이나 안정감도 주었다.

그런 케니스 곁에서 데일은『모험가』로서 경험을 쌓아 나갔다.

기간은 그렇게 길지 않았다. 그래도 야영 방법 같은 기술은 물론이고 의뢰인을 상대하는 법이나 시세를 판별하는 법 등을 배울 수 있었다. 소모품을 구입할 때도 케니스는 최대한 데일을 동석시켰다. 되도록 많이, 다양한 상황과 접할 기회를 준 것은 데일에게 큰 경험이 되었다. 얻는 것이 많아 충족감이 드는 하루하루였고, 그뿐만이 아니라 케니스나 그 동료와 함께 보내는 안락감은 썩 나쁘지 않았다.

그렇게 데일이 일행에 어느 정도 익숙해졌을 무렵에 바르를 방문했다.

딱히 토벌 의뢰를 위해 방문한 것은 아니었다. 근처 백작령의 큰 도시까지 의뢰인을 호위하고 돌아가는 길이었다.

"모처럼 왔으니까 어항을 보고 싶어."

케니스가 갑자기 꺼낸 말에 파티의 고참 멤버들과 데일은 놀라지 않았다. 잡일인 식사 준비를 말단인 자신에게 떠넘기기는커녕 교대제조차 안하며 리더인 케니스가 거의 매일 담당하고 있음을 알아차린 이후로 데일은 일찌감치 깨쳤다.

축복받은 큼직한 체격을 살려 전투 도끼로 강력한 일격을 가하는 우수한 전사이자 때로는 후위를 지키는 방패가 되어 멤버들에게 적확한 지시를 내리는 사령탑 역할도 담당하는 것이 케니스였다. 그렇지만 그에게 『모험가』라는 것은 어디까지나 『수단』일 뿐이었다.

의뢰를 따라 다양한 토지를 방문하고 그 토지의 식자재와 조리법을 자세하게 체크한다. 그렇게 얻은 레시피를 실제로 실천하여 재현한다.

그런 케니스의 모습을 데일이 그저 호사가(마니아)로 인식하지 않았던 것은 데일의 고향에 있는 장인 집단의 기질과 비슷한 느낌을 받았기 때문일지도 모른다. 때로 편광적이라는 생각이 들 만큼 일반인은 알 수 없는 차이로 시행착오를 되풀이하는 모습은 데일에게도 익숙했다. 오히려 케니스의 그런 모습을 순순히 받아들인 데일을 보고서 다른 멤버들이 그에 대한 평가를 높였다.

"어항……? 크발레 같은 항구 도시랑은 달라?"

산에서 자란 데일에게 대답한 사람은 일행의 서브 리더 역할을 하던 카렐이었다. 무뢰배의 대명사인 모험가 앞에서 위축되는 의뢰인을 상대할 때, 그가 자신의 호리호리한 체구와 서글서글해 보이는 외모를 유효한 무기로 쓰고 있다는 것도 데일은 이 무렵에는 이해하고 있었다.

"일단 규모가 전혀 달라요. 크발레는 라반드국에서도 손꼽히는 교역항이니 당연하지만. 그러나 케니스라면 해역에 따라 잡히는 물고기의 종류까지 궁금한 거겠죠."

"……아아. 과연……."

"난 비린내 나는 건 싫은데."

"맛있으면 됐지."

쓰게 웃은 데일에 이어 헬무트와 스키피오가 각각 말했다. 말수가 적은 살로모는 고개를 끄덕여 대답했다.

"앞바다에서 고기잡이하는 배를 위한 항구라 소형선에만 대응할 수 있을 만큼 규모가 작아요. 하지만 아까 들렀던 백작령에서도 어느 정도 해산물이나 가공품이 유통되고 있었으니까 그런대로 경기는 좋을 거예요."

때때로 이런 온화한 잡담을 나누며 가도를 벗어나 바르 쪽으로 길을 꺾었다. 카렐의 말을 뒷받침하듯 길은 좁아지긴 했으나 제대로 정비되어 있었다. 이웃 마을과 거래를 한다는 증거였다. 도보로 여행하는 자에게도 고마운 일이었다.

"돌아갈 때는 배를 타거나 교역 마차를 얻어 타면 참 좋겠는데."

하지만 이것 또한 본심이리라. 농담조로 말한 스키피오에게 동의하는 것처럼 웃음소리가 일었다.

도중에 한 번 야영하고 이튿날 아침 일찍 출발했다.

그러면서 먹은 훈제 고기가 가끔 야영하는 김에 케니스가 직접 만든 수제라는 사실에는 데일도 놀라지 않게 됐지만, 그것을 빵 사이에 넣었을 뿐인 가벼운 요리에도 요리사의 실력이 나타나는 것에는 놀랐다. 불 조절 등의 요소도 있을 것이다. 솔직히 말해서 어중간한 가게 음식보다 케니스의 요리가 훨씬 훌륭했다.

데일이 그런 감상을 말하자 케니스는 조금 놀란 모습을 보였다.

“너희[티스로우] 마을의 작물은 전부 맛도 진하고 훌륭해. 너희 어머니의 요리 실력도 상당했고. 시골 요리라고 무시할 게 못 되지. 너는 네가 생각하는 것 이상으로 입맛이 고급일 거야.”

감탄한 것처럼 말하는 케니스 옆에서 데일은 고개를 갸우뚱했다.

“나는 그렇게 식사에 까다롭지 않은데…….”

“식사에 까다로운 것과 맛에 민감한 건 다르니까…… 그래도 역시 이왕 먹을 거면 맛있는 걸 먹고 싶잖아?”

“그런 거야?”

“높으신 분들과 만날 거면 『맛을 아는』 것도 나쁘지 않겠지. 식사가 아무리 훌륭해도 결국 자신의 취향이 우선되겠지만. 만인이 좋아하는 맛은 있을 수 없어. 내 요리가 입에 맞다니 다행이군.”

—그런 케니스의 가르침을 받은 소녀에게 위장을 꽉 붙잡힌 것도

『패인』 중 하나가 된다는 것은 데일 본인뿐만 아니라 케니스 또한 전혀 상상도 못 했을 때의 대화였다.

본인이 『자각하는 것 이상으로 맛에 민감한』 데일이 세세한 배려와 관찰로 그의 취향을 훌륭하게 알아내 맛있는 식사를 매일 제공해 주는 상대에게 함락되는 것도 당연하다면 당연한 일이었다.

그렇게 마침내 바르가 보이기 시작했을 때, 제일 처음 이상을 알아차린 사람은 역시 케니스였다.

"……이상해."

길 중간, 마을과 항구가 보이는 높직한 언덕 위에서 발을 멈추고 시선을 집중했다.

케니스의 상태를 눈치챈 카렐이 옆에 나란히 섰고 데일도 의아해하며 케니스를 보았다.

"왜 그래?"

"바다가 거칠지도 않은데 고기잡이에 나선 배가 없어."

"정말 그러네. 고기잡이를 끝내기에는 너무 이른 시간이야."

카렐이 동의해서 데일은 뒤늦게 사태를 이해했다. 항구를 관찰하고, 계류된 배는 있지만 바다에 나간 배는 한 척도 없음을 파악했다. 지식과 눈썰미만 있다면 눈치챌 수 있는 사태였다. 낯선 환경이라고는 하지만 언제까지고 『산골 마을 출신』이라며 변명할 수는 없었다. 마음을 다잡음과 동시에 자신의 부족함을 반성했다.

그래서 데일도 알아차릴 수 있었다.

"저쪽…… 뭔가 이상해."

"어디?"

"항구 근처……바다 색깔이 부자연스러워. 빛이 반사돼서……? 그것도 아니야. 아마도 뭔가……."

데일이 가리킨 곳, 햇빛을 반사해 반짝이는 푸른 해수면 아래의 색조가 달랐다. 심도의 변화라고 하기에는 부자연스러운 그 색은 일행이 주시하는 가운데 출렁이며 움직였다.

그곳에 거대한 생물이 숨이 있음을 나타내는 움직임이었다.

머지않아 도착한 바르는 활기가 없고 한산한 인상을 주었다. 케니스와 한마디 나눈 카렐이 자리를 떴다. 일반인 상대로 정보를 모으고 싶을 때는 온화하게 생긴 카렐이 종종 단독으로 움직였다. 헬무트나 살로모처럼 험상궂은 멤버가 동행하면 아무래도 일반인은 위축되고 말았다.

"……고기잡이를 나가지 않은 건 어제오늘 일이 아닌 모양이야."

주위를 둘러보고 배와 어구(漁具) 상태를 확인하며 중얼거린 케니스에게 스키피오가 제안했다.

"어쩔까? 카렐이 돌아올 때까지 기다려?"

"촌장에게 얘기를 들어 보는 것도 괜찮을 것 같은데…… 왜 그래? 데일."

그림자가 있었던 항구 근처를 보며 움직이지 않는 데일에게 케니스가 말을 걸었을 때, 한층 큰 파도 여럿이 항구에 밀려들었다. 정박된 배가 크게 흔들렸고 해안까지 바닷물이 밀어닥쳐서 불온한 분위기를 풍겼다. 발밑까지 온 바닷물을 보고 저도 모르게 몸을 긴장시키며 데일은 이끌린 듯 바다에 시선을 보냈다.

"저건……."

물고기라고 하기에는 너무 큰 그림자. 거대한 생물의 꼬리 끝이 해수면 밖으로 나와 있었다. 상상도 못 했던 선명한 색깔의 비늘이 반짝이는 잔상을 남기고서 해수면을 때렸다.

시야에 잡힌 것은 한순간이었으나 가늘고 긴 꼬리 형태를 확인한 헬무트가 언덕 위에서 봤을 때부터 추측했던 생물의 명칭을 입에 담았다.

"……큰 바다뱀(시 서펜트)."

"아니…… 틀렸어……."

동료의 말을 부정한 케니스는 멍하니 중얼거렸다.

"저 특징적인 주홍색 비늘…… 저건 마노안룡(瑪瑙眼竜)이야……."

"마노……?"

케니스의 말에 의문스러워하는 것이 자신뿐만이 아님을 확인하고 데일은 내심 안도했다. 다른 동료들의 모습을 보건대 아무래도 자신이 공부를 소홀히 해서 모르는 것은 아닌 듯했다.

"해양성 수생 용종이야."

설명을 잇는 케니스의 모습을 봐도 일반적으로 알려지지 않은 마수임이 분명했다.

"원래는 난바다에 사는 마수일 텐데. 지능은 별로 높지 않고 마법을 다루지도 않지만 높은 마법 내성이 큰 과제라고 하지. ……나도 문헌으로 봤을 뿐, 실물을 본 건 처음이야……."

케니스의 음성에 담긴 것이 감동이나 감탄으로 분류되는 감정임을 데일이 알아차린 것은 직후에 이어진 그의 말을 들었기 때문이었다.

"환상이라고도 불리는 식재료야……."

"뭐?"

"과연."

"그렇게 된 건가."

어안이 벙벙해진 데일과 달리 다른 멤버들은 오래 알고 지낸 만큼 어느 정도 예상했던 모양이었다. 과묵한 살로모도 고개를 주억거렸다.

"잠깐…… 케니스?"

"냉동은커녕 냉장으로도 맛이 달라져서 장기 보존은 고사하고 유통에도 적합하지 않은 환상의 식재료. 단순히 신선할 때 먹지 않으면 진정한 맛을 체험할 수 없어서 『환상』이라고 불리는 건 아니야. 서식 영역이 매우 한정적인 것도 커다란 이유지……."

"……."

평소에는 기본적으로 냉정한 케니스의 말투가 점점 열기를 띠었다.

그 과정에서 데일도 깨달았다. —뭔가 거기에 빠졌구나. 아마도 이건 멈출 수 없겠어.

주위 멤버들의 달관한 표정이 자신의 추측을 긍정하는 것처럼 느껴졌다.

"마노안룡은 원래 난바다에 서식해. 그래서 발 딛기 불편한 선상에서 교전해야 하고 원거리 공격이 주요 수단이 되지. 하지만 마법 내성이 강해서 공격 수단도 한정적이라……."

"음? 저기, 케니스."

열변을 이어 가던 케니스도 데일이 무심코 꺼낸 의문스러운 목소리는 들은 모양이었다. 무시하지 않고 설명을 멈추더니 옆에 있는 데일을 보았다.

"……왜?"

"난바다에 서식하는 녀석이…… 왜 이런 작은 항구에 있는 거야? 색이 비슷한 다른 마수일 가능성은 없어?"

"……뭐, 이런 앞바다에 있는 건 『평범』한 일은 아니지. 하지만 저 특징적인 색깔의 비늘과 저만한 크기의 생물이라면 따로 해당되는 게 없어."

"그래?"

"큰 바다뱀은 대부분 몸 색깔이 파란색이나 은색이야. 빨강 계통의 비늘을 가진 어류라면 존재하지만 저렇게 큰 건 없어. 몸의 표면에 확실하게 비늘이 있다는 게 확인됐으니 다른 종의 마수일 가능성도 적고."

흥분한 기색으로 열정적으로 말하고 있었지만, 이토록 세세한 부분까지 관찰한 것을 보면 냉정함을 잃지는 않은 듯했다.

"수생 용종 중에서 비늘이 빨간 종류가 그 밖에도 있긴 하지만 그 녀석들이 사는 영역은 훨씬 북부야. 서식지의 남쪽 한계선은 라반드국 해역을 스치지도 않아. 그래서 가장 가능성이 큰 것이 마노안룡이라는 결론에 이른 거야."

"그…… 그래."

"난바다에 사는 생물이어도 먹이를 쫓아 항구에 들어오는 건 가끔 듣는 얘기지. 이번에도 그런 사례이지 않을까."

데일도 마수와 동식물의 생태에 관해 어느 정도 잘 안다고 자부했지만 이토록 확신을 가지고서 단언할 수 있는 것에는 감탄할 수밖에 없었다.

경험의 차이라는 말로는 지금 자신과 케니스의 차이를 표현할 수 없었다.

"그래서 어쩔까? 카렐이 가져올 정보를 기다려?"

스키피오의 말에 케니스는 동료들을 둘러보고 결론을 꺼냈다.

"촌장에게 얘기를 듣자. 이런 『좋은 조건』은 있을 수 없어. 다른 모험가에게 의뢰하기 전이라면 더더욱."

그리고서 촌장의 저택이 있을 방향으로 앞장서 걷기 시작했다.

언덕에서 마을을 일망하고 내려왔기에 촌장의 저택이 어디 있을지는 짐작이 갔다. 외벽으로 둘러싸인 도시처럼 도적이나 마수의 습격에 대비해 견고하게 만들어지지 않았다는 것도 일목요연했고, 길이나 건물 배치로 내방자를 현혹하려는 의도도 느껴지지 않았다.

시골 마을답다고 한다면 그뿐이지만, 그것은 동시에 이 마을의 재력도 예상이 가는 광경이었다.

갑자기 모험가가 찾아오자 촌장은 놀람과 경계를 숨기지 않았으나, 케니스가 교섭을 시작하니 다른 의미의 놀람으로 바뀐 것 같았다. 안으로 들어가 더 자세히 의논했다.

저택을 나오자 문 앞에서 카렐이 기다리고 있었다.

"역시 촌장한테 와 있었군요."

"그래. 듣고 싶은 얘기는 들었어. 네 쪽은 어땠지?"

"여관을 잡아 뒀으니 거기서 정보를 교환하죠."

케니스와 카렐은 짧게 서로의 상황을 확인하고서 걷기 시작했다. 그 일련의 모습을 본 데일이 한숨을 쉬었다.

"웬 한숨?"

"아니…… 뭔가 당연하다는 것처럼 척척 결정되잖아……."

촌장과의 교섭을 비롯해 정보 수집과 여관 예약 등 사소한 일을 포함하여 전부 매끄럽게 처리되었다. 『모험가』라는 직업의 일반적인 이미지가 거친 일 전문가라는 점을 생각하면 상상하기 어렵지만 그들의 교섭 능력은 매우 뛰어났다.

소년티가 남은 데일에게 동경 비슷한 눈빛을 받은 어른들은 조금 낯간지러운 표정을 하고서 크게 웃었다.

"익숙해져서 그렇다고 하기에는 적성도 있으니 말이죠."

"나나 살로모처럼 교섭에 괴멸적으로 서툰 녀석도 있고."

"나도 잘하는 편은 아니야. 그래서 잘하는 녀석이랑 파티를 이룬 거지."

카렐에 이어 스키피오와 헬무트도 말해서 데일은 희미하게 신음했다. 자신의 입장을 생각하면 『서툴다』는 이유로 언제까지고 뒤로 미룰 수도 없는 스킬이라 더 그런 생각이 들었다.

“그렇게 초조해하지 않아도 머지않아 잘할 거야.”

“머지않아 잘하는 걸로는 안 된다고.”

“괜찮겠지. 뭐, 이것만큼은 확증할 수 없으니까 『아마도』지만.”

그렇게 말하며 케니스는 호쾌하게 웃었다.

케니스의 그 반응이 조금 불만스럽기는 했으나, 부루퉁한 얼굴이 된 데일에게는 나이에 걸맞은 순수함이 있었다.

그런 데일을 보며 케니스는 살짝 눈웃음을 지었다.

어른이 되려고 발버둥 치는 눈앞의 소년은 그래도 자신에게 부족한 것을 겸허하게 받아들이고 흡수하고자 탐욕스럽게 앞을 보고 있었다.

새잎처럼 구김살 없는 모습은 그것을 과거에 두고 온 자신들에게 조금 눈부셨다.

그래도 그런 소년의 『목표』가 되는 것은 나쁘지 않은 기분이었다.

이 소년이 짊어진 『책무』를 자신들은 알고 있다.

그리고 소년이 『용사』라고 불리는 희귀인이라는 것도 들었다. 하지만 희귀인이라는 것과 본인의 재능은 전혀 상관관계가 없다는 것도 케니스는 알고 있었다. 『용사』라는 능력을 가지고 있어도 모두가 검술의 달인이거나 마법 재능이 뛰어나지는 않았다.

원래 『마왕의 대존재』인 희귀인에게 『용사』라는 호칭이 붙은 것도 일찍이 극악무도했던 『마왕』으로부터 조국을 구하고 이웃 나라를 아울러서 끝내는 무찌른 희귀인이 영웅다운 능력이 없는 완전한

범부였기 때문이라고 한다. 희귀인이 단 하나 가지고 있었던 『용기』를 칭송하며 그것으로 진정한 영웅이 됐다는 점에서 이후 『마왕을 대적하는 존재』를 『용사』라고 부르게 됐다고 전해진다. 영웅담(사가)으로 널리 퍼진 역사의 한 장면이었다.

하지만 이 소년은 『용사』로서 가혹한 전장에 서게 될 것이다. 일국의 권력자에게 받는 『의뢰』가 쉬울 리 없다.

그에 얼마간 도움이 된다면— 그렇게 생각하는 감정 한편에, 새로 쓰일 영웅담 한쪽에 자신의 궤적이 새겨질 것에 대한 기대감도 있음을 부정할 수는 없었다. 『모험가』가 되기로 한 자는 많든 적든 그런 동경을 품고 있었다.

그렇기에 케니스는 동료들과 함께 『친동생 같은 존재』가 된 이 소년을 『가르치는』 입장이 나쁘지 않다고 생각했다.

카렐이 잡은 여관은 작은 항구 마을에 걸맞게 오래된 소규모 여관이었다. 하지만 확실하게 관리하며 견실하게 운영 중인 것 같았다. 그에 반해 이토록 한산한 인상을 받는 것은 현재 마을 상황이 반영되었기 때문이리라.

여관 1층 식당에 자리를 잡았지만 다른 손님은 없는 듯했다.

삭막한 인상을 뒷받침하는 광경이었다.

거기서 일행은 서로 정보를 교환했다. 항구에서 본 광경부터 『마노안룡』이라는 추측과 촌장에게 들은 이야기까지 전하자 카렐도 고개를 끄덕였다.

"제가 들은 얘기와 거의 똑같은 것 같아요. 어부도 용이라고 판단한 모양이라 안전을 위해 동태를 살피게 됐다더군요."

"촌장도 상황은 파악하고 있지만, 도시까지 나가서 『초록의 신』 신전에 정보를 제공하고 모험가가 오기를 기다리려면 시간이 걸리지. 영주에게 토벌할 병사를 보내 달라고 하면 더 걸리고. 동태를 살핀다고 말하는 건 간단하지만, 손을 못 대고 있다고도 할 수 있을 거야."

"용 토벌을 의뢰하면 포상금도 꽤 줘야 하고 말이지."

카렐과 케니스의 말에 이어 스키피오가 쓴웃음을 지으며 덧붙여서 데일도 납득하고 손뼉을 쳤다.

"그래서 촌장도 케니스의 제안을 받아들인 거구나."

"토벌을 의뢰하려면 포상금이 필요하지만 멋대로 토벌한다는 상대에게 포상금은 필요 없어. 용종의 소재는 상당히 가치가 높아. 토벌에 성공해서 매각하면 충분히 수지 타산이 맞지. 처음부터 목적이 다른 우리에게는 포상금이 없어도 문제가 되지 않는 거야."

케니스는 촌장과 교섭하여 포상금을 받지 않는 대신 토벌에 성공한 사냥감의 소유권을 인정받았다. 이번 교전 장소가 마을이 소유한 항구 부근이라, 때에 따라서는 항구나 마을이 손상을 입을 수도 있기에 건 보험이었다. 배상을 이유로 사냥감의 소유권을 뺏으려 들 가능성도 고려해야만 했다.

"일단 확인해 두고 싶은데, 데일, 네 『땅』 속성 마법은 바닷속 지면에도 적용돼?"

"응? 너무 깊은 곳은 어렵지만…… 이 항구의 규모 정도면, 시간만 있으면 간섭할 수 있을 거야."

"그럼 발 디딜 곳은 확보할 수 있겠군."

케니스가『좋은 조건』이라고 판단한 것도 데일의『땅 속성 마법』이 있기 때문이었다.

"보통은 선상에서 원거리 공격을 가할 수밖에 없지만 이번에는 직접 지상으로 끌어 올릴 수 있어. 물론 용종을 얕보다간 죽을 수도 있지만 이렇게 유리하게 싸울 수 있는 경우는 흔치 않아. 승산도 있어. 토벌하지 않을 이유가 없지."

"맛있다는 모양이고."

"환상의 식재료잖아."

"용은 어떻게 손질해?"

케니스는 진지한 얼굴로 선언했으나 동료들에게는 이미 본심이 다 알려져 있었기에 영 맥 빠지는 마무리였다.

주변 상황을 내일 더 파악하자고 결론에 이른 후, 여관의 식당에 식사를 부탁했다.

한동안 고기잡이를 나가지 못해 신선한 어패류가 제공되지 않아서 특히 케니스의 투지가 더욱 세차게 타오른 것 같았다.

데일이『주황의 신』에게 받은『가호』는『대지 관련 마법에 대한 수호』였다. 그는『땅』속성 마법이라면 마력을 소비하지 않고 발동할 수 있었다.

하지만 본업『마법사』가 아닌 데일은 마법을 발동하기 위한 집중에 조금 시간이 걸렸다. 평소보다 긴 영창을 자아내며 신중히 정성 들여 마력을 다듬었다.

"「우리의 신에게 속한 존재여, 대지여, 나 데일 레키의 이름하에 명하노니, 나의 바람대로 솟아 그 모습을 바꿔서—.」"

스키피오가 『물』 속성 마법으로 마노안룡을 항구 안에 몰아넣었다. 마법 내성이 높은 마노안룡에게는 그다지 타격을 주지 못하는 공격이었지만 불쾌감을 안기고 목적지에 몰아넣는 효과는 발휘한 것 같았다.

미리 협의한 포인트에 마노안룡이 도달했다.

그 순간, 데일은 외우던 주문을 매듭지었다.

"「웅장하게 그 위광을 나타내라. 《대지변화》.」"

바닷속에서 지면이 융기했다.

밀려난 바닷물이 크게 파도를 만들어 주위를 휩쓸었다. 어선은 미리 항구에서 인양해 뒀지만, 파도는 근처 건물에 부딪혀 하얗게 거품을 튀겼다.

"「대지여, 내 이름하에 명하노니, 내가 바라는 대로 모습을 바꾸라. 《대지변화》.」"

재차 자아낸 주문은 조금 전과 똑같은 종류로, 크게 융기한 지면 주변에 한층 더 발판을 만들기 위한 것이었다.

데일의 대마법으로 지면이 융기하여 바닷속에서 끌려 나온 마노안룡이 상황을 파악할 새도 없이 녀석의 영역인 물이 주위에서 순식간에 소멸했다. 물에서 사는 마노안룡은 바닷속에서 헤엄치는

데 최적화된 형태로 손발이 진화한 생물이었다. 지면을 때리는 물갈퀴가 달린 사지는 지상에서는 자신의 몸을 마음대로 이동시키지 못하는 것 같았다.

큰 마법을 시전한 데일이 살짝 집중력을 잃고 비틀거렸다.

"무리해서 앞으로 나가지 않아도 돼요."

옆에 있던 카렐이 그런 데일을 쳐다보지도 않고 말했다. 그는 목표물로부터 조금도 시선을 떼지 않으며 팽팽하게 당긴 활시위에서 손을 놓았다. 날카롭게 바람을 가르는 소리와 함께 발사된 화살이 마노안룡의 기다란 목 끝에 달린 머리로 향했다.

"마력을 소비한 것도 아니니까…… 괜찮아."

데일은 검을 뽑으며 짧게 대답했다.

마법 내성이 높은 마노안룡 상대로는 그가 애용하는 마도구 활의 효력도 떨어진다. 그래서 검으로 베기 위해 목표를 향해 달려나갔다.

데일이 마법을 완성시킴과 동시에 앞으로 나갔던 전위 세 사람은 이미 마노안룡 곁에 도달해 있었다. 가장 빨리 도달한 살로모가 몸을 뒤트는 마노안룡의 움직임을 확인하면서 주금색(朱金色)에 가까운 빛깔인 복부에 칼끝을 휘둘렀다. 한 번, 두 번. 자신에게 무슨 일이 일어났는지 이해한 마노안룡이 눈앞의 인간들을 자신의 적으로 간주하고 살로모를 마노색 눈에 담았다. 그 순간, 살로모는 주저 없이 거리를 벌렸다.

살로모는 용종의 단단한 비늘 앞에서 자신의 무기로는 결정타를 먹일 수 없음을 알고 있었다. 그래서 마법사인 스키피오와 함께 철저하게 마노안룡의 시선을 끄는 양동 역할을 수행했다.

마노안룡의 의식이 살로모에게 향한 것과 거의 동시에. 절묘하다고 말할 수밖에 없는 타이밍에 헬무트가 장창을 휘둘러 부드러운 복부를 노렸다.

비명을 지르듯 마노안룡이 날카롭게 울었다.

그 목소리에 명확하게 담긴 원망과 적의를 들었으면서도 헬무트의 공격은 느슨해지지 않았다. 몇 번째인지 모를 공격으로 상한 비늘이 크게 떨어져 나가고 살이 찢어지며 선혈이 튀었다.

고통 속에서 인간 놈들을 쓸어 버리기 위해 마노안룡이 꼬리를 휘둘렀다. 그 압도적인 물량만으로도 치명상을 줄 만한 타고난 무기 앞에서도 케니스는 냉정하게 동료들 앞에 섰다.

애용하는 전투 도끼를 방패 삼아 마노안룡의 꼬리를 막았다. 직접 받아 낸 것은 아니었다. 힘의 방향을 바꿔 의도하지 않은 방향으로 유도했다. 도량과 기량이 없으면 불가능한 일이었다. 스키피오의 마법이 케니스를 엄호하여 수류의 압력이 동료들을 위협하지 못하게 했다.

"데일, 목을 노릴 수 있겠어?"

"해 볼게."

그사이에 케니스가 짧게 지시했다.

데일은 겸사겸사라는 듯 복부를 베며 뛰어들어 자신의 특기인 마법을 간이식으로 발동했다.

“「대지여, 내 이름하에 명하노니, 나의 적을 치라. 《석창》.」”

공격 마법을 본래 의도하는 다른 형태로 발현시켰다. 적을 치기 위해 날카롭게 솟아난 원뿔형 돌을 밟고 뛰어 올라갔다. 목표인 마노안룡의 목에 데일이 도달하기 직전에 카렐이 머리를 향해 화살을 연사했다. 격렬하게 움직이는 마노안룡의 시력을 빼앗지는 못했지만 반사적으로 눈을 감은 마노안룡은 데일을 놓쳤다.

“핫!”

그 호기를 놓치지 않고 데일은 날카로운 기합 소리와 함께 검을 휘둘렀다. 깊이 베인 목에서 뿜어져 나온 선혈이 몸을 적셨지만 서슴지 않고 더욱 상처를 깊이 후볐다.

데일의 공격으로 깊은 상처를 입은 마노안룡에게서 명확한 공격 의지가 사라졌다.

“스키피오!”

“어.”

마노안룡에게서 시선을 떼지 않으며 케니스는 동료 마법사를 불렀다. 피를 뒤집어쓴 데일을 잡아 새끼 고양이라도 던지듯 후방에 냅다 던졌다.

“오오!”

고통에 몸부림치며 날뛰는 마노안룡의 불규칙한 움직임을 예측하면서 케니스는 기백이 담긴 목소리와 함께 전투 도끼를 크게 휘둘렀다. 헬무트가 가른 복부의 상처에 강력한 일격을 때려 박았다.

참을 수 없다는 듯 마노안룡의 거구가 뒤로 젖혀지더니 한 박자

후에 힘을 잃은 것처럼 목이 늘어졌다. 그것은 다친 급소를 무방비하게 노출한 것과 같았다.

케니스가 넓힌 상처의 내부, 부드러운 살 안쪽에 헬무트가 자신의 창끝을 깊이 박았다. 그것과 거의 동시에 데일이 만든 목덜미의 상처를 케니스가 엄청난 힘으로 크게 찢어 치명상으로 만들었다.

땅을 울리며 거구가 쓰러졌다.

“데일.”

“괜찮아.”

마노안룡이 완전히 절명한 것을 확인하고서 케니스는 후방에 시선을 보냈다. 스키피오의『물』마법으로 피를 씻은 데일이 문제없다며 가볍게 손을 흔들었다.

“눈이나 입에는 안 들어갔어.”

“먹을 수 있다고 알려진 종류니까 그렇게 과민하게 신경 쓸 필요는 없겠지만. 혹시 모르니까.”

마수 중에는 체액이 독성을 띤 것도 적지 않았다. 잘 알려지지 않은 생물이라면 더더욱 조심해야 했다.

“일단 직접『해독』마법도 걸어 뒀어.”

“넌 전문 마법사도 아니면서 많은 종류의 마법을 쓸 줄 안단 말이야…….”

어이없어하며 말한 스키피오에게 웃음으로 대답한 것은 응급 처치 모습을 지켜보던 카렐이었다.

“티스로우는 마법사가 드물지 않은 희한한 토지니까요.”

"쓸 수 있는 걸 안 쓰면 아깝고. 필연적으로 우리 마을 사람들은 글과 산수 다음에 마법을 공부해."

당연한 일이라는 듯 대답한 데일은 물이 뚝뚝 떨어지는 자신의 앞머리를 집었다. 그 후, 자신의 코트 소맷부리에서 나는 냄새를 킁킁 맡고 얼굴을 찡그렸다. 비린내가 신경 쓰이기 전에 본격적으로 씻자고 결심했다.

"이제부터가 본격적으로 큰일이지."

"어떻게 끌어 올리지……."

허리에 손을 얹고 기지개를 켜며 케니스가 한 말에 스키피오가 동의했다.

"나는 항구를 원래대로 돌려놓는 작업을 하면 돼?"

"아, 하지만 다 올릴 때까지 기다려 주세요."

"맞아. 인양 작업은 우리한테 맡기고, 카렐은 매입해 줄 만한 상인이 있으면 교섭, 없으면 운반할 마차를 찾아봐 줘."

"알겠습니다. 겸사겸사 주방을 빌릴 수 있을지도 교섭해 둘게요. 먹을 수 있는 부분은 이송할 수 없잖아요?"

"부탁한다."

대화로 역할 분담을 진행함과 동시에 각자가 자신의 역할을 따라 움직이기 시작했다. 살로모와 헬무트가 조달해 뒀던 밧줄로 사냥감을 묶는 것을 보며 데일은 다시 자신의 마력을 다듬었다.

운반 시 편의성을 고려하여 마법으로 경사를 만들었다. 어차피 나중에 지형을 되돌려야 한다. 이거나 저거나 되돌리는 작업은 비슷했다.

“그렇게 마법을 연발해도 괜찮아?”

“응. 조금 쉬면 문제없어. 애초에 나는 마력 소비가 없고. 집중의 반동이 있을 뿐이니까. 슬슬 조금은 익숙해졌으면 좋겠는데 말이야.”

데일은 케니스의 목소리에 가볍게 손을 흔들어 대답했다.

케니스도 데일이 결코 무리하고 있는 것이 아님을 알아차린 듯했다. 그것을 확인한 후에 동료들을 향해 말했다.

“이대로 끌어 올리기보다는 아래에서 어느 정도 해체해 버리는 편이 좋겠어.”

“아아, 과연.”

“목을 자르고…… 그대로 피도 빼는 게 좋겠지. 피가 흥건해지겠지만 나중에 바닷물에 씻길 거야.”

“……피 냄새를 맡고 상어가 오진 않을까?”

“마을 안에 피 웅덩이를 만드는 것보다는 낫잖아.”

“내가 대충 손질할 테니까 헬무트는 가죽을 벗겨 줘. 살로모는 발톱이나 물갈퀴 같은 자잘한 부위를 회수하고.”

다시금 역할을 분담하고 각자 묵묵히 작업으로 이행했다. 데일은 처음에 휴식하며 그 모습을 바라보고 있었지만 티스로우의 사냥꾼 피가 끓는지 이내 몸이 근질근질하다는 모습이 되었다. 곰곰이 생각해 보면 보기 드문 대형 사냥감을 해체하는 것은 자주 오는 기회가 아니었다.

“케니스, 나도 도울게.”

"그래. 가죽 벗길 수 있겠어?"

"이렇게까지 큰 건 처음이지만 대형 도마뱀이라면 고향에도 있었어."

"뭐, 우리도 이렇게 큰 『도마뱀』은 그렇게 자주 못 보지만."

웃는 헬무트를 보며 데일은 애용하는 단검을 한 손에 들고서 「아.」 하고 중얼거렸다.

"내 몫으로 비늘 같은 거 나중에 받아도 돼?"

"그건 상관없지만 왜?"

"보기 드문 소재라면 고향의 장인들이 좋아할 것 같아서. 이야깃거리로 보내려고."

"그렇군."

수다를 떨면서도 작업 속도는 느려지지 않았다. 위협적이었던 대형 용종이 점차 고깃덩어리로 잘려 나갔다.

맨 처음에 『진미』라는 정보를 얻은 것이 문제였으리라. 케니스는 그렇다 쳐도 데일과 다른 멤버들까지 완전히 식용육을 해체하는 심경이 되어 있었다. 눈앞의 고깃덩어리를 「비계가 붙어서 맛있겠다」라는 관점으로 보는 것에 위화감을 느끼지 않게 되었다.

"도마뱀 통구이는 생긴 게 좀 거북할 때도 있는데. 이렇게 크니까 토막이 되어 버리고. 원래 형태도 상상이 안 가."

그렇게 생각하니 먹기 위해 용종을 사냥하는 것도 나쁘지 않을 것 같았다. 고향 근처에 용종은 서식하지 않아서 기회가 없었지만, 만약 서식했다면 틀림없이 고향 사람들은 사냥하러 갔으리라는 생각도 들었다.

등뼈와 갈비뼈 같은 대형 뼈도 소재로 매각 가능했다. 마법으로 항구의 형태를 되돌리는 데일 옆에서 다른 동료들은 묵묵히 소재를 세정했다. 그러다가 문득 정신을 차리고 보니 어느새 카렐뿐만 아니라 케니스의 모습도 보이지 않았다.

하지만 동료들은 아무도 의문스럽게 여기지 않았다.

카렐이 찾은 짐마차에 짐을 싣고 단단히 고정했다. 그 후, 각자 여관에서 뜨거운 물을 받아 목욕하고 장비를 씻었다. 거의 마비됐던 후각이 마침내 돌아와 자신에게서 비린내가 난다는 것을 자각하자 인상이 써졌다.

평상복으로 입는 셔츠와 바지는 데일이 들고 다니는 얼마 안 되는 짐 중 하나였다. 이동하는 일이 많은 여행 중에는 짐의 양도 크게 제한된다. 고향에 있을 무렵에는 생각해 본 적도 없는 일이었다.

여관 밖으로 나오자 해가 저물기 시작해 하늘이 붉게 물들어 있었다.

젖은 머리카락이 바닷바람에 날렸다.

주위를 둘러보니 장작이 준비되어 있고 마을 아낙네들이 여기저기 돌아다니고 있었다. 사람들을 따라가니 야외에 설치된 간이 가마터 중심에서 익숙한 거한이 익숙한 모습으로 일하고 있었다.

'……본업이 어느 쪽인지 물어보면 안 되겠지…….'

몸에 걸친 청결해 보이는 앞치마는 사이즈가 딱 맞는 것을 보면 빌린 물건이 아닐 것이다. 손에 들린 것도 평소 사용하는 단검이 아니라 손때 묻은 느낌이 드는 식칼이었다. 한정된 짐 중에서 몇

할을 조리 도구에 할애하고 있는 걸까 생각하니 미묘한 기분이 들었다.

마을 아낙네들은 도와주러 모인 것 같았다.

빠릿빠릿하게 주위에 지시를 하며 자기 자신도 여러 요리를 동시에 진행하는 모습은 완전히 문외한인 데일이 보기에도 훌륭했다.

노을빛 하늘이 짙은 남색으로 변하기 시작했을 즈음에 장작에 불이 붙었다. 마치 밤축제 같았다. 실제로 이 마을을 덮친 전례 없는 재해인 수룡이 퇴치된 축승회였고, 내일부터는 다시 생업인 고기잡이를 나설 수 있다는 축하 행사였다.

호사가가 거금을 들여서라도 갖고 싶어 하는 희귀한 식자재지만 수송과 보존이 불가능해 판매에 적합하지 않으니 그냥 소비해 버릴 수밖에 없었다. 온 마을이 일어나 벌이는 잔치가 된 자리에 나타난 사람들은 미지의 식자재에 대한 꺼림칙한 심정을 숨기지 않았으나, 생업을 방해받던 것에 대한 원한을 술기운을 빌려 삼키고 나니 맛 좋은 요리에 주저 없이 손을 뻗게 되었다.

“맛있어.”

꼬치구이는 소금을 쳐서 구웠을 뿐인데도 적당히 짭짤하고 적절히 구워져서 맛이 절묘했다. 수육(獸肉)과 비교하면 담백했지만 쫄깃쫄깃해서 씹으면 씹을수록 맛있었다.

“맛있긴 한데, 확실히 무슨 고기와 비슷한지 형용하기는 어렵네.”

데일은 그렇게 독백하며 다음 요리로 시선을 보냈다.

힘줄 부분은 말캉말캉한 젤라틴 상태가 될 때까지 장시간 푹 삶아 향미 채소와 토마토 맛이 배어 있었다. 식감도 처음 맛보는 독특한 느낌이었다. 튀김도 재미있었다. 살짝 진한 밑간이 되어 있는 것도 술안주로 제격이라고 할 수 있었다. 찜에 감귤 과즙 소스를 뿌린 요리는 이 항구 마을의 향토 요리를 베이스로 어레인지한 음식인 것 같았다. 자투리 고기까지 알뜰히 쓰기 위해 만들어진 수프는 짭짤했는데 미리 면과 감귤을 담은 그릇에 부으니 간이 딱 알맞게 조절되었다.

술잔에 새로 와인을 받아 마셨다. 싸구려 와인이었지만 시큼하지 않고 목 넘김이 괜찮다는 관점에서는 합격점이었다.

요리를 집어 먹으며 자리를 이동하던 데일은 조금 전까지 잔치의 중심에 있었을 터인 인물이 어두운 밤바다를 바라보고 있음을 알아차렸다. 잔이 비었음을 보고서 근처에 있던 술병을 하나 들고 거리를 좁혔다.

"케니스."

"……데일인가."

"왜 그런 얼굴을 하고 있어? 조금 전까지 그렇게나 생기 넘쳤으면서."

케니스의 잔에 술을 콸콸 따르며 데일이 묻자 넋이 나간 얼굴로 그 모습을 보던 케니스는 패기 없이 대답했다.

"밥은, 맛있었어?"

"어."

"마노안룡인가……."

탄식하듯 중얼거린 케니스는 데일이 보기에 어딘가 막막해 보였다. 직접 말하지는 않지만 친형처럼 존경하는 상대의 그런 모습을 보고 데일은 무슨 말을 하면 좋을지 알 수 없어서 자신의 술잔만 기울였다.

"모험가 일을 하고 있어도 마주칠 가능성 자체가 적은 희소한 수생 마수. 마주치더라도 토벌이 가능할지는 또 별개의 문제야. 전문적인 고기잡이 준비를 갖추고서 도전해야 하는데 그러려면 막대한 자산을 가진 투자자를 찾는 것부터 시작해야 해."

"……하아."

"모험가로 명성을 올려도 일생에 한 번 기회가 있으면 감지덕지한 일이지. 그런 환상의 진미……."

"확실히 맛있었어."

"그래. 맛있었어……. 한 번 먹어 보고 싶었더랬지……."

띄엄띄엄 말을 잇는 케니스의 모습은 역시 평소의 그답지 않았다.

다른 누구도 아닌 케니스 본인에게 들었던 설명을 반복해서 들은 데일이 그 사실을 어떻게 지적해야 할지 망설이는 사이에 케니스는 재차 한숨을 쉬었다.

"내가 모험가가 된 목적이었어……."

"뭐?"

얼떨떨해진 데일의 모습을 알아차리지 못하고 케니스는 밤의 어둠 속에 잠긴 머나먼 수평선을 보았다.

"목적을 달성해 버렸으니 난 앞으로 어떻게 해야 할까……."

데일이 느꼈던 인상은 틀리지 않았다.

생각지 못한 곳에서 인생의 목적을 달성해 버린 케니스는 정말로 막막해하고 있었다.

†

"용, 먹을 수 있어?"

『바르 영웅담』의 경위를 데일에게 들은 라티나가 먼저 흥미를 보인 것이 그 부분이었다. 어떤 의미에서 예상과 다르지 않은 반응이었다.

"확실히 그때 먹었던 『마노안룡』은 다른 고기나 생선과 달랐지만 진짜 맛있었지……. 잘 설명할 수는 없지만 맛있었어."

"와……."

회색 눈동자를 호기심으로 반짝반짝 빛내는 라티나를 보고 있자니 아무리 어렵다고 해도 『마노안룡』 한두 마리쯤 사냥해 오자는 생각이 들었다. 자신이 가진 연줄과 권한을 어떻게 쓰면 최적일지 머릿속으로 몇 가지 계획을 세울 정도로 데일은 진심이었다.

"내가 본 용은 왕도에서 봤던 비룡 정도인데. 그렇게나 큰 마수를 상대하다니, 데일도 케니스도 대단하다……."

그렇게 말하면서도 라티나의 표정은 불안해 보였다. 데일은 그것을 알아차리고 쓰게 웃으며 그녀가 어릴 때 그랬던 것처럼 머리를 쓱쓱 쓰다듬었다.

"확실히 『용 퇴치』라는 전적이 생기면 모험가로서 일류라고 할 수 있지. 바꿔 말하자면 그 정도로는 자주 있는 일이야. 나도 케니스도 이렇게 멀쩡히 살아 있으니 라티나가 걱정하지 않아도 돼."

"응."

라티나는 어릴 때부터 자신이 집을 비운 동안 이렇게 불안해했던 걸까 생각하니, 자신이 무슨 일을 하는지 자세히 이야기할 기회가 없어서 다행이었을지도 모른다는 생각이 들었다.

『일곱째 마왕』 일파는 호사가라고 해도 되지 않을까 싶을 정도로 빈번히 용종을 데리고 다녔었다. 한 마리 퇴치하면 『일류』이긴 하지만, 그런 감각이 마비될 만큼 자주 박멸 활동에 힘써 왔다.

라티나가 걱정해 주는 것은 기쁘고 심정을 이해할 수는 있으나 데일에게 『용 퇴치』는 결코 드문 일이 아니었다.

"뭐…… 『마노안룡』은 맛있었지만, 육생 용종 대부분은 식용육으로 적합하지 않다는 모양이야."

"그래?"

라티나의 관심이 간단히 다른 곳으로 돌아가서 안도했다.

"원래 육질이 질긴 데다가 『불』 속성 내성을 가진 녀석이 많아서 삶든 찌든 뭘 해도 연해지지 않는대."

"그렇구나……."

"비룡은 전략적으로 귀중해서 식용으로 쓰이지 않고, 먹어도 별로 맛있진 않다는 것 같아."

"하지만 맛을 안다는 건…… 먹어 본 사람이 있다는 거네."

라티나의 발언에 데일도 침묵했다.

데일도 이런 지식 대부분은 케니스에게 들은 것이었고, 케니스가 이 방면의 지식을 가지고 있는 것에 의문을 느끼지도 않았으나, 듣고 보니 그 말이 맞았다.

케니스도 다른 사람에게 들은 이야기일 것이라고 생각하고 싶지만 단정할 수도 없었다.

"……그렇지."

"그럼 용은 맛이 없는 거구나…… 어라?"

그래도 먹고 싶으냐고 물어봐야 할지 망설이던 데일은 라티나가 생각에 잠겨 고개를 갸우뚱하는 것을 보고 이어질 발언을 기다렸다.

"「******」의 고기가 혹시……. 커다란 도마뱀 같다고 생각했었지만 그게 아니었나……? 어라……?"

중얼거림 속에서 들린 것은 그녀의 고향 말이었다.

"……뭐…… 맛없을 수밖에 없었던 걸지도 모르겠네……."

살짝 눈을 피하며 말하는 데일 앞에서 라티나는 인상을 찡그리고 한동안 자신의 아득한 기억과 싸웠다.

기억을 더듬는 작업에 얼추 만족한 라티나는 데일과 눈이 마주친 순간에 재미있다는 듯 웃었다.

"응? 왜?"

"이야기 속 데일이 내가 아는 데일보다 훨씬 아이 같아서 느낌이 이상해."

"그때는 나도 애송이였으니까……."

당시 자신은 주위 사람들에게 인정받기 위해 필요 이상으로 힘이

들어가 있었다. 그것 자체가 어린 행동이라는 것도, 그런 자신을 주위에서 어떻게 느꼈을지도, 나이를 먹은 지금은 알 수 있었다.

"나한테 데일은 처음 만났을 때부터 『어른』이었으니까."

"라티나를 거뒀을 때의 나는 지금의 라티나보다 어렸지만 말이지."

"……그러네."

눈을 깜박거리는 라티나는 정말로 놀란 것 같았다.

"그렇지. 뭔가 이상해."

"아무튼, 그래서. 이 가게의 단골손님 아저씨들은 라티나의 어릴 적을 알고 있는데…… 사실은 나도 별반 다르지 않아."

크로이츠를 거점으로 활동하는 고참 모험가들 대부분이 케니스에게 신세 지던 시절의 미숙한 자신을 보았다.

"나이를 먹고 나서 보이는 것도 있는지라 되돌아보면 견디기 힘든 기분이 들지만."

젊은 혈기가 없었다면 그렇게 안이하게 연고 없는 어린아이를 거둬 책임질 수 있었을까. 한 사람 몫을 하게 됐다고 생각했지만 실제로는 아직 미숙했던 자신은 품에 안은 어린아이와 마찬가지로 주위 사람들에게 보살핌을 받는 측이었으리라.

"데일이랑 케니스는 옛날부터 크로이츠에서 일했던 거구나."

"아니, 케니스 파티는 기본적으로 크로이츠를 가끔 이용하는 정도였고 거점으로 삼았던 건 아니었던 것 같아."

"그랬어?"

의아해하는 라티나에게 데일은 과거를 되돌아보며 다시 옛날이야기를 시작했다.

“케니스 파티가 본격적으로 크로이츠를 거점으로 삼은 이유가 바르에서 『마노안룡』을 퇴치했기 때문인 걸 생각하면 신기한 인연이긴 하지.”

†

케니스 일행이 크로이츠를 다음 목적지로 삼은 이유는 바르에서 퇴치한 『마노안룡』 때문이었다. 소재로 가치가 있는 가죽과 뼈를 떼서 손질해 두긴 했지만 얼른 적당한 곳에 팔고 싶었다. 사용 목적에 따라서는 본격적인 처리 방법도 달라진다는 점을 생각하면 열화하기 전에 매입처를 찾아야 했다. 희소하여 고가에 팔 수 있는 물건이니 더더욱 그랬다.

항구 도시인 크발레에도 많은 상인이 모이지만 모험가가 더 많은 이익을 얻기에는 크로이츠가 제격이었다.

교역과 유통이 발달했으며 라반드국에서 두 번째로 큰 도시인 크로이츠는 외부에서 찾아오는 상인이나 모험가들을 우대했다. 다른 도시와 비교하여 매입처를 찾기 쉽다는 뜻이었고, 동시에 뒷배가 없는 모험가도 과도하게 주민을 우대하지 않는 정책 덕분에 더 많은 이익을 얻을 수 있었다.

준비한 짐마차를 타고 바르에서 가장 가까운 항구 도시로 향했다. 그 후, 크로이츠로 가기 위해 일행이 이용한 것은 연안을 따라 크로이츠와 인접한 대하를 거슬러 오르는 배편이었다.

인부를 부려 짐을 옮겼다.

데일에게는 그런 절차도 배움의 기회 중 하나가 되었다.

바다에서 강으로 들어가자 선박 여행은 평온해졌다. 흔치 않은 휴식을 다른 동료들이 느긋하게 누리는 가운데, 이 시간을 유용하게 쓰기 위해 고향에 보낼 보고서 뭉치를 작성한 데일은 산더미 같은 과제에 쫓기는 고등학교 학생을 연상시켜서 주위 사람들을 쓴웃음 짓게 했다.

배는 크로이츠 북쪽에 있는 다리 기슭에 정박했다.

이 앞은 수심 문제도 있어서 대형선이 진입하기 어려웠다. 짐을 내리기 위해 정비된 강기슭에서 짐마차나 소형선에 짐을 옮겨 이동하게 된다.

처음으로 이 강기슭에 온 데일은 이곳을 마을이라고 생각했다.

많은 인부가 일하는 이곳에는 그런 일꾼을 위한 숙박 시설이 몇 채나 늘어서 있었다. 일꾼이나 배 이용객을 상대로 장사하는 노점도 늘어서 있어서 한산한 시골 마을보다 훨씬 활기가 넘쳤다.

"자연 발생한 취락이지만 마을로 꼽히지는 않아요."

그렇게 데일에게 가르쳐 준 사람은 카렐이었다.

"마을이 아니라서 세금이 없죠. 그 대신 기본적인 보장과 보호도 없어서 전부 자기 책임이에요."

"그래도 괜찮은 거야? 마수나 도적 같은 건……."

"절대로 안전하다고는 할 수 없겠지만, 크로이츠가 가까워서 자력으로 어떻게든 굴러가고 있는 것 같아요."

또한 날씨가 오랫동안 좋지 않을 때는 일찌감치 노점과 짐을 정리해 철저히 피난한다는 설명도 들었다. 반대로 말하자면 그런 위험이 있는 토지라서 정규 마을을 구축하지 않는 것이었다.

데일이 카렐에게 그런 강의를 받고 있는 사이에 짐마차를 찾고 크로이츠에서 『마노안룡』이라는 희소한 재료를 매입해 줄 만한 상회의 정보를 모았다.

케니스는 바르의 그 밤 이후로 어딘가 패기가 없어졌지만 이상을 지적할 만큼 일 처리에 변화가 있지는 않았다. 그 이후로 『위험도 높은』 일을 맡지 않아 느슨해진 것이라고도 생각할 수 있는 수준의 변화라서 다시 위험한 전투에 몸을 던지면 원래 상태로 돌아갈 가능성도 있었다.

'그렇다면 좋겠지만…….'

덜컹덜컹 흔들리는 짐마차 뒤쪽에 앉은 데일은 하늘을 보며 한숨을 쉬었다. 산에서 자란 그에게는 수평선이 펼쳐진 바다의 광경도, 반대편까지 건너기도 어려운 대하의 모습도 전부 신기한 경치였다. 하늘을 담아 파랗게 빛나는 수면은 이런 심정에도 아름답게 보였다. 승차감이 별로 좋지 않은 마차의 짐칸이지만 마음 놓고 멍하니 경치를 바라보기에는 특등석이라고 할 수 있었다.

크로이츠에는 동구에 있는 문으로 들어갔다.

상업 구역인 동구는 데일이 지금껏 들렀던 어떤 도시보다도 북적였고 활기찼다. 늘어선 상점에 진열된 풍부한 상품과 길 가는 사람들의 모습에서도 라반드국에서 손꼽히는 도시인 크로이츠의 풍족함이 느껴졌다.

"매입해 줄 것 같은 상회의 정보는 강기슭에서 모았지만, 일단 『초록의 신』의 깃발이 있는 가게에서 이야기를 듣고 오는 편이 좋겠지."

"남구에 있던가요."

그렇게 말을 나누는 케니스와 카렐을 곁눈질하며 중앙구에 다다랐을 때, 데일은「아.」하고 말했다.

"『날개 달린 봉투』 의장은 배달 조합을 나타내지? 보고서랑 비늘을 보내고 싶은데 들러도 돼?"

"초록색 깃발이 있는 가게는 큰길 옆에 있으니까 우리는 먼저 가 있을게요."

"사람이 많아서 좀 걸릴 것 같으니 그래 주면 고맙지. 생각보다 두꺼워져서 짐이 커졌어."

데일이 든 서류 뭉치는 편지라기보다도 소포라고 형용해야 할 모습이었다. 기름종이로 엄중하게 감싼『마노안룡』의 비늘이 함께 들어 있어서 그런 인상을 더욱 강화했다.

일행과 헤어진 데일은 대도시답게 세련된 디자인의 문을 밀고 배달 조합 건물로 들어갔다. 밖에서 봤던 인상을 뒷받침하듯 많이 사람이 드나들어 북적거렸다. 하지만 그만큼 접수처도 많이 설치되어 있어서 예상보다는 기다리지 않을 듯했다.

정형화된 발송증에 고향 주소를 기입한 데일은 그래서 이후 케니스가 일으킨 일을 직접 보진 못했다.
그 또한 예상도 못 했던 일을 전해 듣게 되었을 따름이다.

일 이야기를 하러 갔을 터인 케니스가 처음 보는 가게의 간판 아가씨를 꼬셨다.

배달 조합에서 수속을 마치고 『초록의 신』을 나타내는 휘장인 천마가 그려진 녹색 깃발이 내걸린 『춤추는 범고양이』라는 이름의 술집에 도착한 데일이 본 것은 어떻게 대응해야 할지 몰라 난감해하는 동료들과 그 중심에서 좀 멍청한 표정을 짓고 있는 케니스의 모습이었다.
거기서 들은 사정이 그것이었다.
단적으로 말해서 너무나도 너무한 사건이었지만, 평상시 케니스의 모습을 아는 데일도 얼떨떨한 반응 말고는 대응할 수가 없는 사건이었다.
"뭐?"
"그래서, 상대에게 욕을 얻어먹었음에도 왠지 기뻐 보이는 게 거기 있는 케니스입니다."
"뭐? 잘 모르겠는데……?"
"괜찮아요. 그 자리에 있었던 우리도 잘 모르겠으니까요."
"케니스가 누군가를 꼬셨다는 행동 자체를 이해할 수 없는데……?"
쥐어짜듯 말한 데일에게 동료들도 차례차례 동의했다.

"저희도 처음 봤으니 말이죠."

"그렇지."

너무 곤혹스러워서 데일이 꺼내는 질문도 갈피를 잡을 수 없었다.

"꼬셨다니…… 뭔 말이야?"

얼빠진 질문이었지만 누구도 지적하지 않았다.

"말 그대로야."

"왜 그런 짓을 한 거야? 케니스."

물어보는 데일에게 케니스는 다른 사람들의 시선 따위 전혀 개의치 않는 것처럼 어딘가 후련해 보이는 웃음을 지었다.

"나도 이 나이가 될 때까지 몰랐지만. 아무래도 세상에는 정말로 첫눈에 반하는 일이 존재하는 모양이야."

"뭐?"

"첫눈에 반했어. 그래서 꼬셨어."

"뭐라고……?"

"서두르면 일을 그르친다고 하지만, 지금은 선수를 쳐야 한다고 전략적으로 판단했지."

"……하아."

상황을 전혀 따라가지 못하겠다는 얼굴인 데일과 한층 거리를 벌리듯 웃으며 케니스는 잘라 말했다.

"모험가가 된 건 내 목적을 위한 수단이었어."

"요전번에 그런 말을 했었지."

"그리고 언젠가 은퇴한 후에는 여관 주인이 되어 예쁜 부인과 많은 아이를 낳고 사는 것. 그게 내 인생의 목표였어."

"……하아……."

"모험가로서의 목표를 달성한 지금, 다음으로 달성할 건 인생의 목표야. 생각났어!"

아무래도 상황을 이해하지 못한 것은 자신뿐만이 아닌 것 같다고 데일이 어렴풋이 이해했을 때쯤, 케니스는 생기를 되찾은 얼굴로 상쾌하게 하늘을 올려다보고 있었다.

다시 털고 일어나 준 것은 고마운데 이렇게 털고 일어날 줄은 몰랐다는 독백이 데일 혼자만의 것이라고는 단정할 수 없었다.

한편, 케니스에게 고백받은 측도 상황을 전혀 이해하지 못하고 있었다.

『춤추는 범고양이』의 외동딸인 리타는 부모가 경영하는 술집 겸 여관인 이 가게의 사무 업무 일부를 맡고 있었다.

『초록의 신』 신전으로부터 업무를 위탁받은 이 가게에서 신전이 대여해 준 정보 단말의 조작은 종업원이 있었더라도 쉽게 타인에게 맡길 수 없는 업무였다. 그래서 점주가 주로 맡아야 했다. 외동딸인 리타는 어릴 때부터 가업은 자신이 잇겠다고 결심하고 『노랑의 신(아스파르)』 고등학교에서 경리를 비롯한 사무 과정의 학술을 수양했다. 언젠가 가게를 이어받을 후계자로서 앞으로는 가게 운영의 중심이 된다.

그런 의욕을 가지고서 가게 카운터에 앉는 아직 젊은 여성이었다.

술집이라는 환경에서 자란 리타는 어릴 때부터 취객에게 놀림당하거나 성희롱에 가까운 발언을 듣는 일에 익숙했다.

그래도. 아니, 그렇기에.

"반했어. 결혼하자."

"뭐래? 회까닥했어?"

처음 보는 인간에게 자못 진지한 얼굴로 프러포즈받은 것은 난생처음이었다.

"운명을 느꼈어."

싸늘한 눈으로 보는 것에는 성공한 줄 알았는데 전혀 타격을 입지 않은 모습이었다. 매정한 자신의 목소리에도 그 남자는 동요하지 않았다.

"바보는 죽어야 낫는다던데 한번 죽어 볼래?"

"언데드가 리타의 취향이라면 긍정적으로 검토하지."

"재 한 줌 남지 않도록 꼼꼼히 정화 마법을 걸어 달라고 할게."

취객이나 지저분한 시선에는 내성이 있다고 생각했었다. 흘려 넘길 수 있다고 생각했었다. 그렇기에 이렇게 올곧은 시선은 몰랐다.

그래서……혼란스러웠다.

"리타."

올곧은 시선을 견디지 못하고 반사적으로 손이 올라갔다.

파열음과 비슷한 가볍고 건조한 소리가 울려도 눈앞의 거한은 어째선지 만족스러운 얼굴로 이쪽을 보고 있었다.

소동이 커지면 위험하다고 판단했는지 같이 있던 동료들이 거한을 가게 밖으로 끌고 나가고 문이 닫혔다. 그 순간, 리타는 더 버티지 못하고 크게 외쳤다.

"뭐야?! 대체 뭐야?!"

"뭐냐니…… 꼬신 거겠지."

난리 치는 리타의 모습조차 재미있다는 듯 수염이 덥수룩한 단골손님이 웃음기 어린 어조로 말하며 술잔을 기울였다.

모험가로서 이름을 알리고 도시의 명사로서 명예와 부를 얻은 이 단골손님은 원래 자기 저택이 있는 서구의 고급 주점을 애용해도 이상하지 않은 남자였다.

그런 그가 지금도 뻔질나게 남구에 있는 이 저렴한 술집에 다니며 늘 가게 한구석에 진을 치고 있는 것은 점주인 죽마고우에 대한 배려와 그 딸아이를 지켜보기 위함이라는 이유가 컸다.

성인 남성이더라도 모험가를 상대하는 것은 위험한 일인데, 외동딸이라며 어릴 때부터 일찌감치 가업을 잇기로 결정해 버린 리타가, 부친의 친구인『질베스터 아저씨』로서는 걱정이 되었다.

그렇게 옛날부터 잘 아는 상대이긴 하지만 이토록 당황한 리타의 모습을 보는 것은 처음이었다.

"손이 아파!"

"그야 힘껏 때렸으니까."

그렇게 웃으면서도 질베스터는 리타의 손찌검 궤도를 파악했으면서 반사적으로 눈을 감지도 않았던 남자의 실력에 다소 흥미를 느꼈다. 크로이츠에서는 못 보던 얼굴이지만 많은 경험을 쌓은 중견 파티겠다고 추측했다.

“못 보던 얼굴인데 앞으로 여기서 일하려는 건가.”

“몰라, 그딴 거!”

“몰라도 크로이츠를 거점으로 삼은 모험가라면 앞으로도 얼굴 볼 일은 있겠지.”

“으…….”

“『초록의 신』의 깃발이 걸린 가게는 정보를 원하는 모든 이에게 열린 곳이어야 하잖아. 개인적인 감정으로 손님을 가릴 수도 없어. 그럴 거면 아버지가 말한 대로…….”

확연하게 동요한 모습인 리타는 그래도 이어진 질베스터의 말에 허세를 부렸다.

“술집 여주인은 무리라고? 그 말은 질리도록 들었어. 추파 한둘쯤 흘려 넘기는 거야 간단하지.”

“그래그래.”

예상대로 반응한 리타에게 그 이상 할 말도 없어서 질베스터는 빈 술잔을 리타에게 내밀었다.

질베스터의 발언을 뒷받침하듯 케니스는 바로 다음 날 재차 『춤추는 범고양이』를 찾아왔다.

어제는 함께 없었던 갈색빛 도는 흑발 소년을 데려온 케니스는 상대를 죽일듯한 리타의 시선에도 아랑곳하지 않고 『게시판』 앞에 자리를 잡았다. 이 게시판에는 『초록의 신』 신전에서 보낸 지역 정보나 현상 수배범 정보, 마을 사람들의 의뢰가 붙어 있었다. 신출내기로 보이는 소년에게 정중하게 설명 중인 것이 두 사람의 모습이 주는 인상이었다.

게시판에 붙은 의뢰 내용을 대강 확인한 소년— 데일은 그중 한 장을 빤히 보며 감상을 말했다.

"토벌 의뢰가 많네."

"이 도시 근처에는 마수가 많이 서식하는『숲』이 있어. 마수에서 유래하는 소재의 수요가 높다기보다 그 소재가 목적인 상인들이 이 도시에 모이는 거겠지."

"소재가 안정적으로 공급되는 건 어떤 장인에게든 필수겠지……."

중얼거린 데일은『친형 같은 존재』에게 요청했다.

"이런 의뢰를 한동안 받아 보고 싶은데 가능할까?"

"네가 직접 그런 말을 하다니, 별일이네."

"나한테는 역시 이런 수렵 계통 일이 더 잘 맞는 것 같아. 언젠가 케니스 파티에서 독립할 걸 생각하면 미리 경험을 쌓아 두고 싶기도 하고."

동생의 보기 드문『응석』에 놀람을 감추지 못한 후, 케니스는 데일의 머리를 거칠게 헝클었다.

"어린애 취급하지 마!"

"갑자기 혼자서 하겠다고 하지 않고 분명하게 우리를 의지하는 부분은 높이 평가하고 있어."

"어린애한테 하는 발언으로밖에 안 들리는데."

"역할 분담은 파티를 운영하는 데 필수 스킬이잖아. 높이 평가하고 있다는 건 진심이야."

상당히 사이가 좋아 보인다며 어느새 두 사람의 대화에 귀를 기울이고 있던 리타는 퍼뜩 정신을 차리고서 서류로 시선을 돌렸다.

눈으로 좇고, 무슨 이야기를 하는지 듣고— 마치 자신이 상대방을 신경 쓰고 있는 것 같지 않은가.

신경 쓰다니, 바보 같아.

술주정뱅이의 헛소리 같은 거다.

자기 혼자만 신경 쓰고 있다니, 바보 같아.

일부러 신경 쓰지 않으려고 하는 것 자체가 신경 쓰인다는 반증이라는 것도 눈치채지 못한 듯했다. 그런 『간판 아가씨』의 지금껏 알지 못했던 일면을 보고 저도 모르게 쓴웃음을 지으며 『질베스터 아저씨』는 평소 정위치인 테이블석 한쪽에서 카운터로 이동해 신참 두 사람에게 말을 걸었다.

"못 보던 얼굴이군. 용종 재료가 들어왔다고 『동구』에 소문이 났던데 너희가 가져온 건가?"

모르는 상대가 갑자기 말을 걸어와서 경계한 것은 데일뿐이었고 케니스는 작게 외교용 웃음을 지으며 대답했다.

"운이 좋았을 뿐입니다."

"겸손할 필요 없어."

"매각할 곳도 순조롭게 찾았습니다. 역시 라반드국 제2의 도시라고 불리는 곳이군요."

"그거 신나는 일이군."

"덕분입니다. 인사차 한 잔 대접하고 싶지만 아무래도 간판 아가씨에게 미움받고 있는 처지라 다음을 기약하겠습니다."

"그래."

가볍게 한 손을 들어 대답한 질베스터에게 케니스는 끝까지 예의 바른 태도를 보이고서 발길을 돌렸고 데일을 재촉해 가게 출구로 향했다.

하지만 마지막 순간에, 의미도 없이 서류 정리를 반복 중인 리타에게 시선을 보냈다.

"그럼 또 올게, 리타."

"더 안 와도 돼."

대답해 준 것이 기쁘다는 듯 웃는 거한을 똑바로 쳐다볼 수가 없어서 리타는 말 못 할 패배감을 느꼈다.

"그럼 먼저 약사 연맹의 의뢰 이야기를 들으러 가 볼까."

가게 밖으로 나오자마자 그렇게 말하며 웃는 케니스에게 데일은 몇 가지 떠오른 질문을 던지기로 했다. 심각한 화제도 아니니 목적지로 가면서 물어봐도 될 것이다. 체격 좋은 상대에게 뒤처지지 않도록 걷는 속도를 빨리하며 질문을 꺼냈다.

크로이츠는 큰길이 도시의 형태에 맞춰 십자 형태로 나 있어서 자잘한 골목길을 제외하면 외부인도 대체로 현재 위치를 파악하기 쉬웠다. 길을 외우기 위해 온 신경을 집중하지 않아도 되는 것은 고마웠다.

"다른 의뢰도 있었는데 왜 그걸 골랐어?"

일단 흥미 본위의 질문이 아니라 일과 관련된 질문을 선택했다.

"우리는 현장의 지리도 모르고 상황도 모르니까. 정기적으로 『숲』에 들어가는 지역 단체로부터 그런 정보를 얻을 수 있으면 의뢰 수행과 함께 일석이조잖아."

"……그렇구나."

고개를 주억거리며 납득한 얼굴이 된 『동생』은, 본인에게 말하면 몹시 싫어하겠지만, 나이에 걸맞게 순수한 느낌을 주었다. 케니스는 흐뭇해져서 풀어지려는 표정을 꾹 참았다.

"아까 그 아저씨, 아는 사람이야?"

"확증은 없지만 소문으로 들은 모습과 일치해. 데리우스 씨 같은 거물이 당연하게 있다니, 역시 크로이츠는 대단하군."

"데리우스……?"

"아무리 너라도 질베스터 데리우스라는 모험가의 이름 정도는 들어 봤지?"

"어…… 아, 아아! 그거, 실존 인물이었어?"

"그 말투도 어지간하네."

"우리 고향 같은 시골에서는 어린애들한테 들려주는 지어낸 얘기랑 구별이 안 된다고."

음유시인이 노래하는 모험담과 영웅담. 그것이 『위업』이라고 불려야 할 만큼 대단할수록 지어낸 이야기와의 경계가 허물어진다. 데일은 영웅담을 동경하여 모험가가 된 환경도 아니었기에 실존 모험가에 대한 동경과는 의식적으로 멀리 떨어져 있었다.

"케니스는 대체 언제 그런 소문을 다 모았어?"

"아까 거기서 게시판을 보는 동안에도 충분히 여러 가지 정보를 얻을 수 있었어. 데리우스 씨만 놓고 봐도…… 어제도 오늘도 처음에는 똑같은 테이블석에 앉아 있었으니 정해진 자리가 있는 그 가게의 얼굴마담인 거겠지. 리타를 상당히 신경 썼던 걸 보면 꽤 친한 사이이지 않을까."

"……그 리타라는 건 카운터에 있던 여자의 이름이지……? 그건 또 언제 캐물은 거야."

"캐물을 것도 없이 주위에서 그렇게 불렀으니까. 좋은 이름이야."

그 짧은 시간에도 필요한 정보는 파악했던 모양이다.

그런 우수한 모습은 존경스러웠지만, 마지막 순간에 너무나도 멍청한 표정이 된 케니스를 보고서 데일은 어색하게 시선을 돌려 이야기를 끝내기로 했다.

『친형 같은 존재』의 지금껏 몰랐던 면에 태클을 걸고 싶어도 『동생』의 경험치가 낮은 자신은 적절한 방법을 알 수 없었다.

한편 『범고양이』 내부에서도 질베스터가 리타에게 빈 술잔을 내밀고 있었다.

"공짜 술을 못 얻어먹었어."

"……."

말없이 술을 따르는 리타의 뺨에는 아직 붉은 기가 남아 있었다.

질베스터는 그런 리타의 모습에 조금 복잡한 느낌을 받으면서도 말을 이었다.

“어제 『동구』에 수생 용종의 소재가 들어왔다는 모양이야. 상한 모습이 없는 걸 보면 사체를 회수한 게 아니라 토벌했을 거라며 혈기왕성한 젊은이들 사이에서 소문이 자자해. 제법 실력이 있는 것 같아.”

“최근 이 근처에서 용종 토벌 의뢰는 없었어.”

“그것도 포함해서 조만간 속보가 나오겠지. 서식 영역이 바뀐 거라면 큰일이야.”

“……그러게.”

“용종의 소재를 가져온 모험가 일행의 총괄자는 타르나트. 대상 호위가 특기인 모험가 중에 그런 이름을 가진 녀석이 있는데 평판은 나쁘지 않아.”

“흐응…….”

별로 관심 없다는 태도를 유지하는 것에서 리타의 고집스러운 성격이 보였다. 그러면서도 『초록의 신 전언판』을 조작하여 신전 경유로 얻을 수 있는 정보를 검색하기 시작한 것은 과연 어떤 정보를 얻기 위함일까.

오랜 친구의 딸이 전에 없는 반응을 보인 상대와 관련해 속을 떠보는 것은 질베스터에게 당연한 행동이었다.

소문이나 평판이 좋지 않은 상대였다면 뒤에서 손을 써서 크로이츠 주변에서는 제대로 된 일을 못 하게 만들고 이 가게에 접근하지 못하게 하면 되니 오히려 이야기가 간단했다.

하지만 케니스와 그 동료들에 관한 평판은 아무리 모아도 눈에 띄게 나쁜 점이 보이지 않았다. 몇몇 대상으로부터 지명 호위를 의뢰받는다고 하니 일 처리는 신뢰할 만했다.

문제없는 상대라는 것이 이 경우에는 문제였다.

"내가 그 녀석에게 원망받는 일도 피하고 싶고…… 어쩔까."

오랫동안 친구로 지냈기에, 혈기왕성하고 거친 모험가와 대치해도 한 발자국도 물러나지 않는 성격임을 잘 알고 있었다. 그런 친구의 얼굴을 머릿속에 떠올리고서 질베스터는 희미하게 한숨을 쉬었다.

그 이후로 케니스 파티는 특기일 터인 호위 의뢰를 휴업하고 크로이츠 남부의 마수 서식지인 『숲』에서 활동을 개시했지만 그에 관한 평판도 제법 괜찮았다.

『숲』은 크로이츠에 가까운 지역일수록 마수가 드물게 분포하고 약한 개체가 서식하는 경향이 강했다. 그만큼 많은 모험가가 들어오고 있다는 증거이기도 했다. 모험가의 손이 미치지 않는 지역일수록 마수의 수와 종류도 많아져서 위험도가 비약적으로 올라갔다.

안쪽에 들어갈 수 있는 파티는 곧 숙련도가 높다는 뜻이었다.

크로이츠에서 처음 활동을 시작했을 때는 깊지 않은 곳에서 수렵과 채집 의뢰를 받았지만 깊게 들어가게 되기까지 그리 시간은 걸리지 않았다.

"네 마법, 진짜 편리하다."

그렇게 헬무트가 어이없어하며 말한 것은 크로이츠에서의 활동도 궤도에 오른 어느 날이었다.

데일의 『땅』 속성 마법은 『숲』 속 탐색에 너무나도 유용했다. 처음 볼 터인 장소에서도 데일은 망설이지 않았고 길을 틀리지도 않았다. 게다가 주위 지형도 어느 정도 예측이 가능했다.

이례적인 속도로 『숲』의 깊은 곳까지 들어올 수 있게 된 것에는 역시 데일의 능력이 크게 작용했다. 더군다나 티스로우에서 자란 데일의 스킬은 숲이나 산에서 활동할 때 특히 돋보였다.

하지만 그것만이 이유가 아니라는 것은 데일 자신이 피부로 느끼고 있었다.

"이 장소와 내 상성이 좋은 것 같아."

"장소와 상성이 좋다고?"

앵무새처럼 반문한 헬무트와 달리 마법 소양이 있는 스키피오와 카렐은 솔직하게 부럽다는 표정을 지었다.

"『가호』와의 친화성인가."

"마수 서식지는 신기가 강한 토지가 많다고 하니까요."

"신관이 가진 『가호』 말이야? 그렇게 영향이 커?"

"내 『가호』 자체가 마법과의 친화성이 높기도 하지만. 이곳의 신기는 『주황의 신』과 『파랑의 신』…… 그리고 아마도 『초록의 신』……이려나. 영향은 꽤 있어. 마력을 다듬는 게 아주 편해."

『주황의 신』과 『파랑의 신』으로부터 기적의 힘을 받은 데일에게는 본인도 깜짝 놀랄 만큼 친화력이 높은 토지였다.

본래 모험가는 단독 활동을 별로 하지 않는다.

그런데도 후에 데일이 평상시에는 내키는 대로 단독 활동을 했던 것도 친화성이 매우 높은 이 토지가 있었기 때문이었다.

1회 수익을 따지면 대상 호위가 더 많이 벌지만, 돈으로 바꿀 수 있는 사냥감을 반드시 가지고 돌아갈 수 있다는 점을 생각하면 나쁘지는 않았다.

데일의 수행 부분도, 노련한 크로이츠 상인 상대로 사냥감을 매각하는 현장 연수로 넘어가 있었다. 처음에는 일방적으로 값을 깎이기만 했지만 지금은 수익이 나고 있었다.

그렇게 충실한 하루하루였으나 데일이 보기에 케니스의 연애는 전혀 진전이 없는 것 같았다.

"리타, 이 의뢰에 관해 자세한 이야기를 듣고 싶은데."

"교섭은 각자 의뢰인과 하는 게 규칙이야. 가게는 중간에 끼지 않아."

케니스는 『춤추는 범고양이』를 방문할 때마다 리타에게 무난한 말을 건넸지만 리타는 훌륭하리만큼 쌀쌀맞았다.

그러나 케니스는 전혀 타격받지 않은 모습으로 「그런가.」 하고 짧게 대답하고서 가게 안쪽으로 향했다.

"미안한데 질베스터. 이 의뢰에 관해 묻고 싶어. 표적인 마물의 생태를 자세히 아는 사람 없을까?"

케니스가 말을 건 사람은 질베스터였다. 그런 케니스에게 불쾌감을 드러내지 않고 질베스터는 턱을 잡고서 생각에 잠겼다.

어느새 질베스터와 친목을 다진 케니스를 보고 리타는 인상을 찌푸렸다. 매우 언짢아 보이는 간판 아가씨의 태도를 언급하는 일 없이 의뢰 이야기는 진지하게 착착 진행되었다.

속수무책으로 짜증이 난다.

그런 심정을 억누르지 못한 채 리타는 자신의 일에 집중하는 척했다.

성실했다. 리타가 아는 다른 어떤 모험가 파티보다도 성실하게 일했다.

케니스가 리타에게 건네는 말도 일을 받으러 온 모험가로서 매너를 벗어난 적이 없었다. 지저분한 발언을 한마디라도 하면 욕하고 쫓아낼 텐데 신사적이라고 해도 좋은 태도를 유지했다.

크로이츠에 가져온 용종 재료의 출처는 항구 마을 바르. 항구를 점거하여 마을의 기능을 마비시켰던 『마노안룡』이라는 희소한 용종을 토벌한 모양이었다. 적확한 전투로 마을에 거의 피해를 주지 않고 거대한 용을 토벌한 모습은 이미 몇몇 음유시인의 새로운 영웅담이 되었다고 들었다. 소재는 토벌에 대한 정당한 대가로 점유했지만, 마을에 포상금을 요구하지는 않았다고 했다. 고기잡이를 나가지 못해 경제 활동이 정체됐었던 바르가 용종 토벌의 포상금을 짜냈다면 마을 운영이 기울어졌을지도 모른다. 그런 의협심 넘치는 행동도 영웅담의 재료가 된 이유였다.

크로이츠에서의 평판도 점점 올라가고 있었다.

질베스터가 호의적으로 대응하는 것도 그들의 능력을 인정했기 때문이었다.

확실히 어떤 의뢰든 일단 받으면 철저히 신속하고 성실하게 수행하는 것 같았다. 단골이 된 의뢰인도 있는 모양이었고 가끔 지명 의뢰를 넣을 수 없냐며 문의하는 사람도 있었다. 이렇게 단기간에 지명 의뢰를 받게 된 것도 리타가 알기로는 처음이었다.

리타는 짜증을 숨기지 않으며 오늘도『초록의 신 전언판』을 조작했다.

싫으면 안 보면 된다. 상관하지 않으면 된다.

그런데도 왜 직권을 남용하여 정보를 모으고 있는지 리타는 자기 자신의 행동에 이유를 대지 못하고 있었다. 때때로 떠오르는 의문에 혹시 몰라서 뒤를 캐는 것이라고 스스로에게 변명했다.

"여자라는 이유로 질 나쁜 농담을 하는 상대고."

무의식중에 새어 나온 말을 스스로 긍정했다.

농담.

농담일 게 뻔했다.

처음 만났을 때 이후로 작업을 걸지도 않았고 달콤한 말 한마디 건네지 않았다.

그러길 바라는 것은 아니다. 절대로 아니다.

그저 분할 뿐이다. 이렇게 저 혼자서만 필요 이상으로 신경 쓰고 있다니, 불공평해서 분할 뿐이다.

"그럼 다녀올게, 리타."

"다시 안 돌아와도 돼."

그래서 오늘도 귀염성 없는 말을 뱉었다. 접객업답지 않게 살갑지가 않다며 냉큼 단념하라지.

그래도 내일 또 온다면—.

"조금 성가신 의뢰를 받기로 했어. 걱정해 줄래? 리타."

"그럴 리가 없잖아. 당신 얼굴을 안 봐도 된다고 생각하니 속이 다 시원해."

기대 따위 하지 않는다. 하지만 어쩌면. 정말로.

그다음에도 와 준다면—.

케니스 파티는 갑자기 모습을 보이지 않게 되었다.

내일도 또 올 것처럼 가볍게 인사하고서 아무렇지도 않게 가게를 나갔었다. 그때 자신은 뭐라고 대답했던가.

원래 크로이츠를 거점으로 활동하던 파티가 아니라서 그들의 오랜 지기가 있는 것도 아니었다. 소식을 물을 수도 없었다.

매일같이 검색하던 그들의 정보를 모으기가 무서웠다.

이렇게 갑자기 『모험가』가 사라지는 일을 자신은 잘 알고 있었다. 늘 위험이 도사리는 직업임을, 이 가게의 딸로 태어난 리타는 철들었을 무렵부터 알고 있었다.

귀를 막았다.

듣고 싶지 않은 정보가 가게 안을 날아다녔다.

언제나 정해진 위치에 앉는 질베스터 또한 오늘도 보이지 않았다. 며칠 전에 어떤 소식을 듣고서 비통한 표정으로 가게를 나간 이후로 여기저기 지시하러 다니고 있는 것 같았다.

『숲』의 심부에 있던 강력한 마수가 중부로 진출했다. 그 마수와 마주친 몇몇 파티가 괴멸했다.

질베스터는 그 마수가 숲 가장자리까지 나올 때를 상정하고 대책을 세우느라 분주했다.

희생된 파티도 중부에서 활동할 만한 실력을 갖추고 있었을 터였다. 지금은 경험이 부족한 모험가들이 『숲』에 출입하지 못하도록 경계가 엄중했다.

실력자도 희생되었다.

용종을 물리칠 만큼 실력이 있어도 예상치 못한 곳에서의 기습에 완벽히 대처할 수 있으리라는 보장은 없었다.

이번 사건이 케니스 파티가 주로 활동하던 부근에서 일어났다는 것은 누군가에게 묻지 않아도 리타 자신이 잘 알고 있었다.

알고 있지만 그런 사실 따위 직시하고 싶지 않았다.

"적어도 무사히 돌아오라고 말해 줄 걸 그랬나."

흘러나온 목소리는 스스로도 깜짝 놀랄 만큼 연약했다.

약 보름 후, 큰 타격을 입은 리타 앞에 케니스는 다시 불쑥 나타났다.

"살아 있었어……?"

재회하자마자 생사 확인을 받은 케니스는 이유를 모르겠다는 듯 고개를 갸우뚱했다.

눈앞의 현실을 소리 내어 확인한 리타는 자신의 목소리가 놀라우리만큼 떨렸다는 것도 알아차리지 못했다.

"크로이츠에서는 큰일이 있었던 모양이야. 잘 아는 대상의 경호 의뢰로 왕도에 다녀왔는데 거기까지 소문이 났었어."

리타의 떨리는 목소리를 다른 이유로 해석한 케니스가 위로의 말을 꺼냈다.

그 말조차 어딘가 현실미가 없어서 리타는 멍하니 들었다.

"거목조차 통째로 삼킬 수 있는 거대한 뱀 마수였다지? 대규모 토벌대가 편성됐다던데. 우리 데일이 모처럼이니까 참가해 보고 싶었다며 아쉬워했어. 그렇지, 참. 가도를 따라 도적이 자주 출몰한다고 했는데 왕도까지 왕복하는 동안 그런 모습은 확인할 수 없었어. 정보는 갱신됐어?"

대답이 돌아오지 않아 막힘없이 이야기하던 케니스는 말 없는 리타의 얼굴을 새삼 보고서 흠칫했다. 당돌하고 드센 표정만 보여 줬던 리타가 카운터 위에 눈물을 뚝뚝 흘리고 있었다.

자신의 어떤 행동이 그녀를 울게 했는지 짐작도 가지 않았다. 그리고 센스 있게 청결한 손수건을 건네지도 못하는 자기 자신에게 기가 막혔다.

"리…… 리타?"

"아무것도 아니야."

"아무것도 아닌 것 같지는 않은데……."

"아무것도 아니라면 아무것도 아니야."

그 대답에서는 그녀다운 당찬 느낌이 들어서 진심으로 안도했다.

솔직하게 그런 심정을 겉으로 드러낸 케니스를 향해 리타는 울면서도 생긋 웃었다.

"무사히 돌아왔으니까 아무것도 아니야. ……어서 와."

처음으로 본 리타의 웃는 얼굴은 케니스가 그녀에게 다시 반하기 충분하고도 넘칠 만큼 매력적이었다.

†

데일에게 들은 옛날이야기는 라티나의 호기심을 자극한 모양이었다.

자신에게는 늘 『어른』이었던 주위 사람들에게도 『아이』였던 시기가 있었다. 당연하다면 당연한 사실인데 전혀 상상이 가지 않았다.

"아기였던 테오랑 에마가 이렇게 컸으니까. 다들 그렇겠지만 뭔가 신기한 기분이야."

"그러는 아가씨도 식탁에 손이 안 닿을 만큼 쪼끄맸었는데 말이지."

눈을 가늘게 뜨며 말하는 질베스터에게 막 끓인 차가 든 잔을 내밀면서 라티나는 살짝 입을 삐죽였다.

손녀딸을 보는 할아버지 같은 질베스터의 모습에 카운터에 서 있던 리타는 온화한 표정을 지었다.

리타가 아무리 말해도 주량이 줄지 않았던 이 단골손님이 늘 손에 들고 있던 술잔을 어느새 절반쯤 찻잔으로 바꾸게 된 것은 작은 간판 아가씨가 손수 끓이는 차를 맛보기 위해서임을 공로자인 라티나는 모를 것이다.

"질 씨는 리타가 어릴 때부터 알던 사이야?"

"리타가 어릴 때라기보다도 이 가게의 선대와 나는 죽마고우거든. 일 때문에 여기저기 다니게 됐어도 이 가게에는 정보 수집을 위해 들를 기회가 많아서 교류가 오래 이어졌어. 그 과정에서 리타가 태어났을 때 일 같은 것도 알게 된 거지."

"음…… 아기였던 리타……?"

"나도 갓난아기였을 때가 있었어."

고개를 갸웃하는 라티나에게 리타가 태클을 걸었다. 그래도 라티나는 생각에 잠겨 복잡한 표정을 지었다.

"으음…… 에마가 아기였을 때 같은 느낌일까."

상상력의 한계인지 라티나가 그렇게 말하자 질베스터가 정색하고 부정했다.

"아니, 테오랑 똑같았어."

"그건 머리색 때문이겠지."

장남이 엄마에게 흑발을 물려받은 반면, 장녀인 에마는 아빠에게 금발을 물려받았다. 모발이 가느다란 점도 포함해서 그다지 리타와 닮지 않은 인상이었다.

"꼭 그렇다고는 할 수 없어. 테오랑 우는 방식이 똑같았거든. 옛 친구들은 다들 남자아이가 태어난 줄 알고 축하 선물을 준비했는데 딸이라고 해서 거품을 물었더랬지."

리타의 당찬 성격은 태어났을 때부터 확실했던 모양이다.

"여자아이 선물…… 하지만 여자아이처럼 입은 리타는…… 역시 잘 상상이 안 가……."

"아빠는 나한테 그런 옷을 입히고 싶어 했지만. 역시 내 취향은 아니었으니까."

리타는 자신이 입고 싶다고는 생각하지 않지만 여성스러운 옷을 싫어하지는 않았다.

마음껏 『사랑스러운 옷』을 입힐 수 있는 작고 귀여운 여동생 같은 존재에게 얼마나 치유받았었는지 새삼 설명할 필요가 없을 정도였다.

"지금 에마 나이 때는 나풀나풀한 옷을 입기도 했었어."

"거짓말."

"이런 일로 왜 거짓말을 하겠어."

깜짝 놀란 얼굴인 리타와 그에 대답하는 질베스터를 보던 라티나는 맨 처음 의문으로 되돌아왔다. 질문할 때 작게 고개를 갸웃하는 것은 어릴 때부터 변함이 없었다.

"질 씨는 데일의 어릴 적도 알아?"

"우리가 아는 건 데일이 모험가가 되어 이 가게에 오게 된 뒤부터야."

"케니스는 데일이 고향에 있을 때부터 일 때문에 티스로우에 드나들어서 면식이 있었다고 했으니까 더 어릴 때도 알고 있겠지만."

"그런가……."

중얼거린 라티나는 다시 복잡한 얼굴이 되었다.

"으음…… 역시 조금 분한 것도 같은 이상한 기분이야……."

"계속 그런 말만 하다가는 데일처럼 될걸."

"데일처럼?"

그 말에 라티나가 의아해하며 고개를 들자 리타는 질린다는 음성으로 말을 이었다.

"너희 언니를 진심으로 시샘했잖아. 라티나가 고향에 있을 때 모습이라든가, 말도 포함해서…… 모른다는 걸 진심으로 분하게 여겼잖아."

"그건 크리소스 잘못도 있다고 생각하는데……."

데일을 적극적으로 도발하는 스타일인 언니에게도 책임이 있다고 생각하는 라티나는 공평한 판정으로 남편을 옹호하고자 했다.

"뭐, 데일은 단순히 분개한다기보다…… 더 자그마했을 때의 라티나도 틀림없이 귀여웠을 거라고 발언한다는 점에서 구제할 길이 없지."

"으음……."

"보통, 부인한테 할 말은 아니야."

"어어…… 응…… 나도 그건 좀 아닌 것 같다고 생각할 때가 있어."

하지만 끝까지 옹호할 수는 없었다. 라티나도 더는 감싸 줄 수 없게 되어서 어깨를 떨궜다.

데일이 그런 말을 할 것은 틀림없다고 할까, 확정 사항이라 어쩔 수 없었다.

"뭐, 나도 아주 조그만 라티나는 확실히 사랑스러웠겠다고 생각하긴 해."

"쌍둥이 언니랑 나란히 있는 모습은 눈에 넣어도 아프지 않을 정도였겠지."

"흐아?"

좋은 집안의 자녀처럼 예의 발랐던 어릴 적 라티나를 생각해 볼 때 부모님에게 아낌없는 애정을 받았던 아이였으리라고, 출신을 아는 지금이라면 분명하게 단언할 수 있었다.

불합리한 일을 당해 모든 것을 잃었으면서도 그녀는 생이별한 언니와 부모님을 걱정할지언정 원망하지는 않았었다. 다정하고 올곧은 본성은 그저 좋은 환경에서 태어나 가지게 된 것이 아니리라.

그런 그녀가 부모의 비호 아래 쑥쑥 자라던 시절이다. 사랑스럽지 않을 리가 없었다. 그 부분은 현 아내바보인 『(전) 딸바보』에게 동의하지 않을 수 없었다.

"그러니까 그런 말을 하기 시작하면 끝이 없어. 나도 케니스가 옛날에 어땠는지 전부 아는 건 아니고."

그렇게 이야기를 정리한 리타는 라티나가 흥미롭게 자신을 쳐다보고 있음을 깨닫지 못했다. 다시 서류 작업으로 시선을 돌렸기 때문이기도 했다.

"그러네…… 리타가 케니스와 만난 것보다도 케니스가 데일과 만난 게 더 먼저구나."

"그렇지."

"리타와 케니스는 어떻게 결혼했을까. 누가 먼저 고백했을까."

"……."

말없이 차를 마시기 시작한 질베스터를 힐끔 보고서 라티나는 혼자 「음~」 하며 팔짱을 꼈다. 이 의문에는 대답해 주지 않을 것 같다고 즉각 판단을 내렸다.

"케니스한테 물어보면 가르쳐 줄까?"

거기서 리타에게 묻는다는 발상을 떠올리지 않는 것을 보면 라티나도 오랫동안 리타의 『동생』으로 지낸 것이 헛수고가 아니었다고 할 수 있었다.

질베스터는 일단 점주 부부를 배려하여 말을 얼버무렸지만 어떤 의미에서 그것은 기우였다.

"케니스는 왜 리타랑 결혼했어?"

재료 준비 중에 라티나가 의문을 꺼내자 케니스는 전혀 부끄러워하지 않으며 바로 대답했다.

"나와 리타가 결혼한 이유? 당연히 내가 리타에게 반했기 때문이지."

“흐아…….”

너무나도 분명한 발언에 도리어 라티나의 얼굴이 살짝 빨개졌다.

“그리고 나는 리타가 승낙해 줄 때까지 포기하지 않았어. 그게 다야.”

“케니스가 데일의『스승님』이기도 하다는 게 굉장히 납득이 가…….”

“그 녀석과 동일시되는 건 내 쪽에서 이것저것 할 말이 생기는데.”

라티나에게 고백받은 결과, 동요한 나머지 일을 핑계로 도망친 데일의 행동은 몇 년이 지난 지금도 이야깃거리가 되고 있었다.

단독으로 마왕에게 쳐들어가는 역전의 용사여도 라티나와 싸워서 진심으로 혼나기라도 하는 날에는 또 서슴없이 도망치리라는 생각이 드는 것이 가장 큰 이유였다.

“날 싫어했다면 얌전히 물러났겠지만. 리타는 조금 고집스러운 부분도 귀엽잖아.”

그러고 보니 이 점주 부부는 자신이 어릴 때부터 금실 좋은 모습을 숨기지 않았었다고 생각하며 라티나는 감자 껍질을 벗겼다. 칼질은 익숙해져서 동요했다고 위험하게 손이 미끄러지는 일도 없었다.

“싫어하지 않는다는 건 태도를 보면 알 수 있었으니까. 이후로는 최선을 다했을 뿐이야.”

“최선?”

“장인어른에게 인정받을 때까지 사업상 이점도 포함해서 철저히 자신을 선전했어.”

“선전?”

"주방 일을 비롯해 여관과 술집을 경영하는 스킬을 보여 드렸지. 질베스터의 소개로 일손이 부족한 크로이츠의 식당이나 술집에 들어가는 의뢰도 가끔 받았기에 실적도 있었어."

"……그런 일은 조금 재미있을 것 같아."

"실제로 다른 주방의 방식은 공부가 돼. 라티나라면 바로 전력이 되니까 저쪽에서도 아끼겠지."

케니스는 현실적인 문제를 제쳐 놓고 솔직히 말한 것이었지만 라티나는 몹시 진지하게 검토하는 얼굴이 되었다.

"데일이 절대 안 된다고 하겠지만. 주방에만 틀어박혀 있으면 괜찮지 않을까."

"어려울걸."

그 부분은 스승답게 확실히 제지했다.

지명도가 너무 올라가 버린 그녀가 많은 비호자가 지키는 이 가게가 아닌 다른 곳에서 평온하게 지낼 수 있으리라고는 보장할 수 없었다.

라티나도 그 점은 알고 있는지 아쉽다는 듯 미소 지어 케니스에게 대답했다.

그렇게 얼추 질문하며 돌아다니면서 라티나의 호기심도 충족된 것 같았다.

그녀의 모습을 보고 데일은 그렇게 판단을 내렸다.

다락방에서 하루를 끝내며 그날 있었던 일을 보고하는 것은 라티나의 일과지만, 오늘 그녀는 금일 들은 내용을 총괄하여 매듭짓고 싶은 듯했다.

묘하게 성실한 부분도 성격이 드러나 귀엽다고 느끼는 것은 데일의 특기가 되어 있었다.

"케니스가 모험가였을 적을 상상하는 것도 나한테는 어렵지만. 데일에게는 모험가로서 스승님인 거잖아."

"그런 식으로 말하자면 그렇지."

"그리고 살짝 생각했는데……."

거기서 말을 끊은 라티나는 조금 쑥스러워하는 얼굴이 되었다. 뺨을 발갛게 물들이고 시선만 올려서 데일의 얼굴을 들여다보았다.

"마인족과 인간의 문화가 다르기도 해서 우리 부모님은 인간 부부와 느낌이 약간 달랐으니까…… 케니스와 리타는 내게 『부부』 스승님이기도 하지 않을까 하는 생각이 들었어."

"음…… 그건 어떻게 대답하면 좋을지 곤란하네……."

곤혹스러워하는 데일에게 라티나는 꽃이 피어나듯 웃었다.

"케니스랑 리타 못지않게 행복하고 사이좋은 부부가 되는 게 내 목표야."

그런 말을 들은 데일이 할 행동은 한정되어 있었다.

적어도 뜨겁기로는 이미 『스승』을 넘어서지 않았을까, 하고 태클을 걸 사람도 없이 밤은 깊어 갔다.

3. 이야기가 끝날 무렵, 뒤편에서 일어났던 작은 이야기.

탕, 석조 테이블을 양손으로 때리며 그녀는 선언하듯 큰 목소리로 분명하게 말했다.

"응. 알겠어. 잠깐 기다려. 그건 아니야."

"흠."

이에 불만스러운 목소리를 낸 것은 일국의 주인인 아직 젊은 여성이었다.

마인족의 국가 바실리오는 문화 차이를 알고 지식을 얻기 위해 국교를 맺은 참인 이웃 나라 라반드국에 사절단을 보내게 되었다.

이것은 그 사절단을 보내기 얼마 전의 이야기다.

실비아 팔은 새로운 정보를 모으러 돌아다니는『초록의 신』신관의 기본 이념에 기초하여 바실리오에서 사회 체제부터 풍속, 생활 양식까지 다양한 정보 수집에 힘쓰고 있었다. 그녀는 보람을 느낌과 함께 갈망과 비슷한 자신의 지적 욕구를 채우는 충실한 하루하루를 보냈다.

그러던 어느 날, 국주『황금의 왕』이 실비아를 불렀다.

실비아는 정보통이다. 바실리오가 사절단 인원을 선출 중이라는 것도 알고 있었고, 통상적으로는 있을 수 없는 일이지만 그 인원에 국주도 이름을 올렸다는 것조차 그녀는 이미 알고 있었다. 자신을 지명하여 부른 것은 라반드국의 실정 같은 정보가 필요하기 때문이리라고 짐작했다.

불려서 간 곳은 국주의 집무실이었다.

마인족은 심플한 양식을 좋아하여 꼭 필요한 것만 챙기지만 역시 국주의 집무실은 호사스럽게 만들어져 있었다. 그렇다고 외관이 화려한 것은 아니었고 돌기둥에 새겨진 조각이나 거대한 귀석 결정을 잘라 만든 테이블처럼 들인 수고나 소재가 호화로운 느낌을 주었다.

그런 집무실에서 실비아는 큰 목소리를 낸 것이다.

실비아는 스스로를 진정시키며 잠시 미간에 검지를 대고 생각에 잠겼다. 반쯤 무의식적으로 미간에 잡힌 주름을 펴듯 문질렀다.

그녀는 그다지 동요하지 않는 성격이지만 일반적으로 신분이 높은 상대에게 이런 말투를 쓰지는 않았다. 친구의 친언니라 크리소스와는 개인적으로 친하게 지낸다지만 한계가 있었다.

그래서 무심코 이 말이 나온 것은 그저 동요했기 때문이었다.

"라반드국에 보내는 사절단에 동행한다는 건 알겠어."

손꼽아 헤아리며 사실을 확인했다.

"몰래 라반드국을 돌아다녀 보고 싶다는 것도 알겠어."

여전히 준비 단계인 국가 간의 교류를 위한 사절단에 국주가 일원으로 이름을 올린 것부터가 정석에서 벗어났는데 심지어 크리소스는 잠행을 하겠다고 선언했다.

일단 말도 안 되는 행동이었다. 하지만 실비아는 그 부분에 의문을 품지 않았다. 크리소스의 성격을 알고, 거기에 라티나의 친언니라는 사실을 감안하면 의문을 품을 필요가 없었다. 오히려 「그러겠지」 하고 납득이 되었다.

일반적인 상식으로는 헤아릴 수 없기에 천진한 사람은 천진한 것이다.

"그렇다면 더더욱 그건 아니야."

"우우."

"아니, 그런 표정 지어도, 그걸 입고는 잠행할 수 없다고."

불만스러운 표정을 짓는 크리소스에게서는 일국의 주인으로서 관록이 느껴지지 않았다. 친구와 마찬가지로 나이에 걸맞은 천연 유래 성분 배합의 순진함이 보였다.

크리소스는 고양이 귀 후드를 쓰고 있었다.

엉뚱하긴 하지만, 뭐, 그건 좋다. 그냥 입었을 뿐이었다면 실비아도 이렇게까지 동요하진 않았다. 어리바리 미소녀인 친구와 비슷하게 생긴 크리소스는 고양이 귀 후드조차 잘 어울렸다.

이번에 실비아가 문제 삼은 것은 그 옷이 크리소스가 제시한 『잠행』 시 의상이기 때문이었다.

아니, 그거 입으면 눈에 띈다고.

그렇게 생각한 실비아의 감성은 틀림없이 옳았다.

"바실리오와 라반드국의 복식은 크게 다르지 않은가."

"응. 그렇지."

"사절단 면면이 자국의 의상을 입는 것에는 아무런 문제가 없다."

"그건, 그렇지."

문화 차이를 서로 이해하는 것이 국가 간의 대등한 교류를 위한 전제다. 한쪽이 억지로 상대 문화에 전부 맞출 필요는 없었다.

하지만 『잠행』이 되면 이야기가 달라진다.

필요 이상으로 존재가 눈에 띄지 않도록 장소에 섞여 들어야 했다. 그때 필요한 것은 상대국 문화에 맞춘 의상이리라.

바실리오의 인원들끼리 모여서 생각해 봤자 라반드국에서의 『당연한 복장』은 알 수 없다. 그렇기에 실비아를 부른 것이었지만, 그 후보로 제시된 복장이 고양이 귀 후드라면 엄하게 지적하지 않을 수 없었다.

그러나 크리소스의 얼굴은 여전히 의기양양했다.

"이것은 바실리오에서 유서 깊은 잠행용 의상이다."

크리소스가 이토록 강하게 나오는 것은 그녀가 존경하는 죽은 모친, 『무녀공주』라고 불렸던 재녀가 옛날에 직접 준비했던 『잠행용』 의상이 고양이 귀 후드였기 때문이었다.

모친을 위대한 존재라고 존경하기에 크리소스의 인식은 어긋나 있었다.

고양이 귀로 잠행하는 문화 같은 것은 바실리오에 없지만, 실비아가 오해할 만한 말투였다.

죽은 모친인 모브는 그렇다 쳐도, 부친인 스마라그디라면 틀림없이 태클을 걸었을 사태였다. 모브의 선택이긴 했으나 유서 깊지는 않았다.

"둥근(곰 귀) 귀가 아니라 삼각(고양이 귀) 귀인 것이 중대한 의미를 가지고 있다던데."

몹시 진지한 그 얼굴을 보고 크리소스가 대단히 진지하다는 것을 알아차렸는지 실비아는 다소 강제적이어도 화제를 바꾸기로 결심했다. 크리소스를 이 차림으로 크로이츠에 보내면 다른 사람들에게 자신이 이런저런 말을 들을 것이다.

잠행이라고는 해도 결국 라티나가 있는 곳까지 무사히 도착하게 하면 문제없었다. 『춤추는 범고양이』에는 많은 비호자가 있다. 도착한 이후에는 다소 눈에 띄어도 문제없다. 그 가게에 모이는 멤버가 어떻게든 할 것이다. 고양이 귀 후드는 도착하고 나서 쓰라고 하자.

그렇게 결론을 내리고서 실비아는 함께 지내면서 알게 된 크리소스의 약점을 명확하게 파고들기로 했다.

"라티나는 이런 느낌의 원피스를 좋아하는데……."

"음?"

예상대로 걸려들었다. 역시 명명백백 시스콤 마왕이었다.

라티나의 복식 취향은 연한 색채의 여성스러운 코디네이션이었다. 어릴 때부터 『사랑스럽다』라는 형용이 어울리는 프릴이나 리본 달린 원피스 차림일 때가 많았는데, 라티나 자신도 그런 라인의 패션을 좋아했다.

겉모습에서도 포근한 성격이 나타나는 라티나에게 그런 차림은 역시 잘 어울렸다.

예시로 든 원피스를 입은 크리소스의 모습을 본 실비아는 우선 「라반드국풍 의상이 준비되어 있으면 처음부터 그쪽을 입으면 될 것을.」 하고 태클을 걸지 않을 수 없었다.

이렇게 눈으로 보니 역시 친구와 눈앞의 여성은 매우 비슷했다.

옷자락이 살랑살랑 나부끼는 부드러운 색채의 원피스는 틀림없이 크리소스에게 잘 어울렸다. 좋은 집안의 아가씨 같다고 해야 할까.

"으음……."

하지만 실비아는 거기서 팔짱을 끼고 고개를 갸웃했다.

"성격이 달라서 그런가……? 잘 어울리지만…… 뭔가 달라."

확실하게 명언할 수 없어서 대처하기 어려웠다.

이런 분야의 전문가인 또 다른 친구가 있었다면 확실하게 의견을 말해 줬을 텐데, 하는 생각도 들었다.

'클로에, 잘 지내고 있으려나……. 걱정하지 않아도 괜찮겠지만.'

라티나가 돌아와서 걱정거리가 사라졌으니 지금쯤 훌훌 털고 다시 일어났을 것이다. 그리 간단히 약한 소리를 내뱉지 않는 친구의 성격도 고려하여, 주변에서 얻은 정보를 토대로 낙관적인 판단을 내렸다.

"잠행이니 활동성을 중시한 복장이라든가……."

스포티함을 의식한 바지 스타일. 그에 맞춰 상의도 장식이 별로 없는 심플한 것으로.

"크로이츠까지 가면 되니 모험가 같은 차림이라든가……."

마법사처럼 보이도록 커다란 후드가 달린 전신 로브를 입혀 보았다. 뿔을 숨기기 위해 후드를 뒤집어써도 주위에서 의심스러워하지 않는다는 점에서는 합리적이었다.

"……."

거기서 실비아는 또 머리를 싸맬 수밖에 없었다.

'기본적으로 뭐든 잘 어울려……!'

라티나를 보면서도 생각한 적이 있는 사태였다.

외모가 매우 반듯한 데다가 머리카락의 색채가 연한 라티나와 크리소스는 어떤 패션과 색깔도 그런대로 잘 어울렸다. 스포티한 옷도, 마을 처녀 같은 평상복도, 사교계를 들썩이게 할 최고급 드레스도 잘 어울렸다.

어느 것이나 잘 어울리지만, 어느 것이든 뭔가 부족한 느낌이 들었다. 요컨대 결정타가 없었다.

"으음……."

역시 이런 분야는 클로에의 전문이었다.

"클로에라면 뭐라고 말할까……."

중얼거린 순간, 뇌리에 친구의 얼굴이 떠오른 기분이었다.

라티나는 말이지, 선명한 색이 더 잘 어울려. 대조되어 백금발이 더 두드러지는 색. 포근한 실루엣의 원피스를 좋아한다는 건 알지만 더 타이트한 라인의 옷도 잘 어울릴 거야. 어린애 같다고 신경 쓰는 주제에 프릴이랑 리본이 많은 디자인만 고른다니까. 그렇다고 노출도가 높은 옷을 입는다고 해서 어른스러워지는 것도 아니야.

뭐, 패션은 좋아하는 옷을 입고 싶은 대로 입는 게 좋지만. 만드는 측으로서는 제대로 어울리는 옷을 어울리게 입어 줬으면 싶기도 해.

폭풍과 같은 기세로 그런 말이 들린 것 같았다.

"……음?"

그러고 보니 라티나가 평소 자신의 취향과 다른『어른스럽지만』『고상한』옷에 도전하고 싶다고 클로에에게 상담했을 때가 있었다고 기억을 더듬었다. 조금 전의 회상도 그때 클로에가 라티나에게 했던 연설이었다. 그랬었다.

"음?"

백금발이 두드러지도록 시크하면서 선명한 색감. 프릴과 리본을 배제하고, 여성적이면서 심플한 디자인. 페미닌한 라티나의 취향에서는 벗어나지만 라티나에게 잘 어울리는 것. 게다가 당시 라티나를 떠올리면 평균보다 기복이 조금 덜한 체형이어도 대응할 수 있는 옷.

"음?"

크리소스와 라티나는 매우 닮았다.

즉, 그런 거구나. 실비아는 눈앞의 크리소스를 보았다.

심플한 디자인의 짙은 색 원피스. 그러면서도 섬세한 세공과 잘 재봉된 실루엣은 매우 여성적인 라인으로 완성되어 있었다. 그에 맞춘 것은 진홍색 볼레로. 이것도 심플한 디자인이었지만 광택이 느껴지는 아름다운 옷감이 그것만으로도 매우 좋은 소재로 만들어졌음을 나타냈다.

뿔을 가리기 위해 모자를 쓴 것은 괜한 추궁을 피하기 위한 방위책이었다. 이것도 볼레로와 똑같은 천으로 만들었다. 챙이 작은 모자는 본래 남성을 위한 수렵용 모자지만, 디자인이 둥그스름해서 모험가를 비롯한 여성도 많이 쓰는 종류였다. 쓸데없이 눈에 띄지는 않을 것이다.

여성이 혼자 여행할 때는 모험가, 즉, 마법사임을 나타내면 말썽을 피하는 데 유효하다는 것도 친구의 경험담에 기초한 지식이었다. 마법사용 지팡이를 들게 했다.

"이건가……."

마침내 정해진 방향성에 실비아는 안도의 한숨을 쉬었다.

자신이 토털 코디한 의상을 입은 크리소스의 모습을 보고 합격점이라고 자기 평가를 내렸다. 머릿속 클로에의 환영도 「합격!」이라며 엄지를 척 치켜들었다.

“이거라면 잠행도 문제없어.”

“그렇군.”

“라반드국에서도 이상하게 눈에 띄지는 않을 테니까.”

반듯한 외모와 언동으로 눈에 띌 것은 확정 사항이겠지만, 그 부분은 『춤추는 범고양이(그 가게)』의 인물들이 어떻게든 할 것이다. 그렇게 떠넘기기로 했다.

고양이 귀 후드는 회피했다.

자신은 이미 할 일을 했다. 이래 놓고서도 고양이 귀 후드를 쓰겠다고 하면 그쪽에서 어떻게든 해 주길.

그렇게 속으로 중얼거리며 실비아는 문득 친구를 몹시 사랑하는 약혼자가 『고양이 귀 후드』의 존재를 알면 어떻게 될지 생각했다.

“…….”

귀찮은 반응을 보일 것 같다.

세상 사람들에게는 영웅이라며 칭송받고 본인의 소질과 실적도 그 평가에 상응하지만, 유감스러운 용사라는 통칭이 어울린다고 말할 수밖에 없는 그 사람의 소행을 실비아도 직접 보았다. 실제로 바실리오에서 데일의 언동은 진짜 너무했었다.

“나, 대단히 좋은 일을 한 건가……?”

“음?”

저도 모르게 중얼거린 실비아의 모습에 크리소스는 이상하다는 듯 고개를 갸웃했으나, 이내 관심을 끊고서 크로이츠로의 출발을 목표로 지시를 내리기 시작했다.

이리하여 실비아와 클로에는 바실리오와 라반드 양국 간의 국교 개시를 앞두고 유감스러운 용사의 폭주라는 트러블을 미연에 막았다. 역사의 표면에는 나타나지 않은 공헌이었다. 클로에에 이르러서는 본인이 전혀 모르는 곳에서 일어난 일이었다.

4. 이야기가 시작되었을 무렵, 작은 아가씨의 어떤 이야기.

라티나는 어릴 때부터 식사에 탐욕스러우리만큼 흥미를 나타내는 아이였다.

그것은 그녀가 태어난 나라인 바실리오의 생활 환경이 크게 연관되어 있었다.

농경에 적합하지 않은 건조 지대에 존재하는 바실리오는 선대 마왕의 보수적인 통치가 여전히 큰 영향을 주고 있는 토지였다. 타국과의 연결을 끊고 무역 등도 하지 않으니 식량 사정이 몹시 좋지 않았다.

그래서 그녀가 아는 식사는 어디까지나 살기 위한 영향 섭취를 최우선으로 생각한 것이었다.

맛있는 식사를 라티나는 크로이츠에 와서 처음으로 알았다.

라티나는 고향에서 불합리하게 추방당하는 불행을 겪고 크로이츠에 왔지만, 식사 사정에 관해서라면 자신은 행운이었을지도 모른다고 진지하게 생각했다.

케니스라는 스승을 얻을 수 있었던 것도 라티나에게 『행운』이었다.

변두리 술집인 『춤추는 범고양이』에서 실력을 발휘하는 케니스지만, 그의 지식과 기술은 평범한 술집 주인의 수준을 훨씬 넘어서 있었다. 원한다면 고명한 레스토랑에 취직할 수도 있을 테지만 그는 사랑하는 아내의 남편으로서 마음껏 실력을 발휘할 수 있는 지금의 환경을 마음에 들어 했다.

그런 온화한 환경도 어린 라티나가 건강하게 자라기에는 둘도 없는 환경이었을지 모른다.

천성적으로 호기심 왕성한 성격과 성실한 노력가 기질. 그런 라티나가 문화 충격을 받은 『맛있는 밥』. 그것에 집착을 보이는 것도 어쩔 수 없이 당연한 귀결이었다.

그런 라티나가 아홉 살이 되기 전인 어느 날, 케니스는 한 가지 제안을 했다.

"우리 가게랑 거래하는 축산 농가에 관심 있어?"

"축싼 농가?"

똑똑하기는 하지만 아직 어린 그녀가 모르는 것도 무리는 아니었다.

그래서 케니스는 정중한 대응을 유지하며 눈앞의 어린 제자를 향해 말을 이었다.

"정확히는 우리 가게랑 거래하는 푸줏간이 계약하고 있는 축산 농가야. 고기가 되는 가축을 기르는 곳이지."

"고기."

끄덕. 고개를 움직이고서 라티나는 들은 말을 이해했다. 모국어가 달라 이해하고 대답하기까지 한 단계가 더 필요할 때가 많지만, 그런 동작까지도 작은 동물처럼 귀여웠다.

"고기, 맛있어."

하지만 거기서 라티나가 주먹을 꼭 움켜쥐며 역설한 말은 케니스의 예상과 조금 달랐다.

"가축 종류는 알아?"

"소, 돼지, 닭…… 그리고 양, 염소……."

질문받은 라티나는 손을 꼽으며 여러 동물의 이름을 댔다. 그것을 만족스럽게 본 케니스는 자그마한 그녀가 두 번째와 세 번째로 꼽은 손가락을 톡톡 건드렸다.

"돼지랑 닭을 어떻게 기르는지 보러 갈래? 라는 뜻으로 물어봤던 거야. 관심 있어?"

"동물!"

제안의 의미를 이해하고 라티나의 표정이 환하게 빛났다.

크로이츠는 도회지라서 애완동물 등으로 길러지는 동물밖에 없었다. 그래서 라티나가 평소에 실제로 볼 수 있는 동물은 개나 고양이, 운반에 쓰이는 말과 당나귀 정도였다. 한편 독서를 좋아하는 라티나는 그림책 등으로 또래 아이들보다 동물 종류 자체에는 정통했다.

천성적인 강한 호기심도 있어서 그녀는 생물 전반을 좋아했다.

"라티나, 동물, 보고 싶어!"

어리지만 자신의 입장을 이해하여 매사 조심스러웠던 라티나가 분명하게 자신의 의견을 말하게 된 것도 좋은 변화였다.

케니스는 그렇게 생각하며 어린 라티나도 이해할 수 있게 말을 골라 질문을 계속했다.

"자신이 평소에 먹는 것이 어떤 것인지 아는 건 중요한 일이야. 알겠어?"

"으음~ 요리하기 전, 준비에 필요한 공부?"

"라티나는 그렇게 생각한 건가. 그것도 틀린 건 아니지."

어리지만 스스로 답을 도출하고자 하는 것을 보면 장래가 유망했다. 케니스는 미소 지으며 어린 제자의 머리를 쓰다듬었다.

그렇게 케니스의 제안을 듣고 라티나는 축산 농가에 가기로 완전히 마음을 먹었지만, 그녀의 『보호자』인 청년은 난색을 표했다.

"라티나한테는 아직 이르지 않을까……."

그러나 데일이 눈썹을 찌푸린 이유는 자신이 없는 곳에서 라티나를 홀랑 홀리는 제안을 했기 때문이 아니었다.

데일은 일련의 사정을 설명한 케니스에게서 시선을 떼고 뒤돌아보았다. 그곳에는 동물 그림이 쭉 그려진 그림책을 가게 카운터석에 펼친 라티나의 모습이 있었다. 즉각 예습에 힘쓰고 있는 듯했다. 매우 들뜨고 신난 모습인 라티나를 힐끔 보고서 데일은 재차 케니스에게 고개를 돌렸다.

"라티나는 기본적으로 동물을 좋아하잖아. 하지만 축산 농가는 동물을 예뻐하려고 기르는 게 아니야. 나야 시골에서 자라서 사냥감이나 가축을 잡는 모습도 봤지만, 도시에서 자란 녀석은 안 그렇잖아."

마음씨 착하고 순수한 라티나가 상처받을 만한 사실은 보여 주고 싶지 않다.

그렇게 수양딸에 대한 넘치는 애정을 표정과 언동으로 보이는 데일의 모습에 케니스는 쓴웃음을 지었다. 과보호였지만 데일이 라티나를 걱정한다는 사실에 거짓은 없었다. 또한 보호자로서 엉뚱한 걱정도 아니었다.

"라티나는 저래 보여도 꽤 야무져. 그래서 괜찮을 거라고 판단했어. 그리고 견학 승낙을 받았지만, 저쪽 사정도 있으니 다음에 이런 기회가 언제 또 올지 몰라."

"그건 그러네."

케니스의 말도 이해가 가서 데일의 표정도 조금 누그러졌다. 딸바보이기에 데일은 케니스의 제안이 라티나에게 좋은 배움의 기회라고 판단할 수 있었다.

"지게는 크로이츠에서 마차로 몇 시간이면 가. 당일치기로 돌아올 수 있는 거리지만 크로이츠에서 나갈 기회 자체가 좀처럼 없잖아."

"아아. 지게인가."

케니스가 꺼낸 이름에 납득했는지 데일은 희미하게 고개를 끄덕였다.

지게는 크로이츠의 옆 마을이었다. 북쪽의 하제의 함께 크로이츠의 식탁 사정을 책임지는 농업이 발달한 토지였다. 하제보다 거리가 가깝고 지형 관계도 있어서 크로이츠에 나도는 채소 대부분은 지게에서 재배한 것이었다.

유통 쪽으로도 도시와 마을 사이의 가도가 잘 정비되어 있었다. 마차를 이용하면 어린 라티나를 데려가는 것도 문제없으리라.

“원래는 내가 인사하고 싶어서 약속을 잡은 건데, 이왕이면 라티나를 데려가도 괜찮을 것 같아서 제안한 거야. 내가 책임지고 라티나를 데려갈 테…….”

“나도 갈래.”

“아니, 가까운 곳이고, 갑자기 정해진 일이잖아. 널 귀찮게…….”

“나도 갈 거니까 괜찮아. 라티나는 내가 돌볼게.”

데일은 모험가로서 매일 의뢰를 받고 근면하게 일했다. 그래서 케니스는 데일에게 승낙만 받고 수고를 끼칠 생각은 없었지만, 데일은 말을 중간에 잘라먹으며 그런 배려를 전력으로 부정했다.

“라티나에게는 첫 외출이라고.”

그런 말을 하리라고 예상은 했었다.

데일은 웃음기가 전혀 없는 진지한 얼굴로 케니스에게 바싹 다가왔다.

“크로이츠 밖으로 나가는 첫 체험이란 말이야. 먼 훗날까지 추억으로 남을 만한 일이야. 그런 체험을 내가 없는 곳에서 하게 둘 리가 없잖아. 그런 걸 인정할 수 있을 리가 없잖아.”

눈이 살짝 맛이 가 있었다.

알고는 있었지만 역시 이렇게 되는구나 하는 생각밖에 안 들었다.

귀찮은 스위치가 켜진 데일을 상대하는 것은 매우 귀찮다. 아마 외출해서도 이렇게 귀찮아지리라고 예상이 됐기에 자신 혼자 라티나를 인솔할 생각이었으리라.

그래서 케니스는 재빨리 데일의 관심을 다른 데로 돌리기로 했다.

"라티나의 외출복은…… 움직이기 편하면서 더러워져도 괜찮은, 평소와는 다른 기준으로 골라야겠지."

자신이 생각하기에도 너무 억지스러운 화제 전환이었다.

하지만 데일은 진지한 얼굴을 유지한 채 생각에 잠겼다. 미간에 깊이 주름을 잡고서 팔짱을 꼈다.

그림책을 보는 것만으로는 기대되는 마음을 억누를 수 없게 됐는지 라티나가 커다란 종이에 돼지와 양 같은 가축을 가득 그리는 모습을 그대로 지그시 바라보았다.

한동안 가만히 있던 데일에게서 낮은 목소리가 흘러나왔다.

"에이프런 드레스……!"

결론이 나온 모양이었다.

어찌 되든 좋았다.

"오늘 저녁은 오랜만에 양고기로 할까."

라티나가 그리는 양은 매우 동글동글하여 육질이 좋아 보였다.

재료를 사러 가는 김에 농장에 언제 방문하면 좋을지 날짜를 물어봐 달라고 푸줏간 주인에게 부탁해야 했다. 그러면서 양고기를 사 오자. 그렇게 생각하며 일어난 케니스는 외출 준비를 시작했다.

저녁으로 나온 양고기 향초 빵가루 구이는 라티나도 대단히 마음에 들었는지 소식하는 그녀치고는 드물게도 한 그릇을 더 먹을 정도였다.

온화한 햇볕이 따뜻하게 내리쬐었다.

따그닥따그닥 한가로운 말굽 소리도, 규칙적인 마차의 흔들림도 졸음을 유발했다. 라티나는 조금 전까지 펄쩍펄쩍 뛸 기세였지만 지금은 불안정하게 꾸벅거리고 있었다.

"졸리면 자도 돼."

"아냐……."

꾸벅꾸벅 졸면서도 데일의 제안에는 싫다며 도리질 쳤다.

라티나가 이렇게나 졸린 것도 어젯밤에 외출이 너무 기대돼서 잠을 제대로 못 잤기 때문임을 아는 데일은 희미하게 쓴웃음을 지었다.

라티나에게는 이 이동 시간조차 기대했던 시간이었다. 잠들어 버리는 것은 아깝다고 생각하고 있을 것이 틀림없다.

오늘 이동을 위해 빌린 일두마차는 마부석 외에 성인 두 명이 앉을 수 있는 좌석이 달린 소형 마차였다. 케니스는 마부석에서 고삐를 잡고 있기에 좌석은 데일과 라티나가 쓸 수 있었다. 라티나의 몸집이 작아서 공간은 충분했다. 하지만 데일은 그만큼 쿠션을 많이 가져왔다. 라티나가 도중에 잠들어도 대처하기 위한 배려였으나 그녀로서는 바라지 않은 배려였던 모양이다.

하지만 라티나가 아니더라도 푸른 하늘과 가도 주변의 키 작은 초목이 펼쳐진 한가로운 광경을 보고 있노라면 졸음이 쏟아져도 별수 없었다.

'나도 자도 좋겠지만…… 라티나를 보고 있으면 질리지 않으니까! 자고 있을 새는 없지.'

마부석에서 말을 모는 케니스에게 문제는 없어 보였다.

짬이 났을 때 선잠을 자도 좋겠지만 그 생각은 곧장 사라졌다.

라티나가 잔다고 하면 사이좋게 함께 낮잠을 자도 좋겠지만, 안 자려고 노력하는 모습조차 사랑스러우니 보호자로서 잠이 올 리가 없었다.

"무리하지 않아도 되지만, 노력하는 라티나는 장하다는 말도 해 주고 싶고. 어렵네."

"응……?"

"너는 깨어 있어도 잠꼬대를 하는구나."

마부석에서 케니스의 태클이 날아왔다.

크로이츠에서 아주 멀지는 않은 곳이지만 경치는 더욱 한가롭게 변해 갔다. 씨뿌리기가 이제 막 끝났는지 부드럽게 흙을 일군 새까만 밭이랑이 이어졌다. 그 너머에는 새싹이 돋아난 밭이 있었고, 한층 더 너머에는 제철을 맞이한 잎채소가 수확을 기다리고 있었다.

곡식밭의 면적은 적어 보였다. 하지만 매일 먹는 빵의 재료라고 가르쳐 주자, 아직 황금색으로 바뀌지 않은 덜 여문 이삭이 흔들리는 모습을 라티나는 흥미롭게 바라보았다.

그런 모습을 보니 케니스가 굳이 라티나를 밖으로 데리고 나온 이유를 알 것 같았다.

지게는 완전히 시골이라고 할 만큼 변방에 있지는 않았다.

크로이츠라는 대도시와 가깝기도 해서 도시 사람이 사업이나 휴양 목적으로 체재하는 일도 많은 마을이었다.

그래서 마을 경관에도 신경을 썼다.

마을 건물 대부분은 밝은 갈색 계열의 벽돌로 외벽이 만들어져 있었다. 살짝 탁한 색채의 빨간 지붕과 조화를 이루는 색조였고 마을 전체가 명랑한 이미지로 통일되어 있었다.

여기 오는 동안 짐마차가 몇 대나 스쳐 지나갔다. 수북이 쌓인 채소와 과일 농작물은 머지않아 크로이츠의 시장에 진열될 것이다.

"라티나, 궁금해도 멋대로 다른 밭에는 들어가지 마."

"도둑이라고 여겨지니까?"

"그뿐만이 아니야. 케니스도 모르는 녀석이 멋대로 가게 주방에 들어오면 아무 짓 안 했어도 쫓아내 버리잖아."

"……밭도 농부의 일터."

그렇구나, 하고 이해했다는 듯 고개를 끄덕이는 모습도 사랑스러웠다. 이유는 다양하지만 어린 라티나는 거기까지 몰라도 문제없을 것이다. 못된 장난을 치는 아이가 아님에도 못을 박아 둘 필요가 있는 것은 호기심 왕성한 성격 때문이었다. 나쁜 뜻이 없더라도 무슨 일을 저지를지 알 수 없었다.

이윽고 마을 변두리의 집 앞에서 케니스가 마차를 멈췄다.

지게의 건물들은 크로이츠보다 띄엄띄엄 지어져 있었다. 목적지인 이 집은 부지 내에 본채뿐만 아니라 축사나 헛간 등이 있었다.

라티나에게는 전부 처음 보는 광경이었다.

"우와아……."

마차가 멈추고 케니스가 마부석에서 내리는 것을 보자 기다릴 수 없다는 듯 밖으로 폴짝 뛰어나갔다. 초록색 체크 치마와 프릴이 듬뿍 달린 에이프런이 바람을 받아 크게 부풀었다.

더러워져도 문제없는 옷이라 골랐을 터인 에이프런 원피스 스타일이었지만, 라티나에게 귀여운 옷을 입히는 것이 자신의 사명이라고 생각하는 구석이 있는 데일이 고른 만큼 그녀의 사랑스러움을 꽤 강조하는 복장이었다.

빠른 걸음으로 앞서는 케니스의 뒤를 쫓는 라티나는 곧장 뒤쫓는 것 같지만 사실은 여기저기에 정신이 팔려 있었다. 사용 도중이라 세워 둔 것 같은 농기구, 사료를 실은 손수레. 축사에서 나는 독특한 냄새. 어느 것이든 라티나에게는 찬찬히 확인하며 걷고 싶은 요소이리라. 구경하고 싶다는 기분과 케니스를 쫓고 싶다는 기분 사이에서 갈등 중인 것 같았다.

제일 끝에서 데일이 천천히 걷는 것은 라티나를 놓쳐 미아로 만들지 않기 위한 배려였지만, 라티나의 모습을 빠짐없이 보는 것이 즐거워서 굳이 주의를 환기하여 재촉하지 않았다.

본채 앞마당에는 상품용이 아닌지 양은 적었지만 다양한 품종을 심은 가정 텃밭이 마련되어 있었다. 라티나는 흥미진진한 모습이었으나 아까 데일의 분부를 확실하게 지켜서 손대거나 부주의하게 다가가지 않았다.

그 모습을 확인한 데일의 표정이 풀어지는 것은 어쩔 수 없는 일이었다.

꼭 끌어안고 마구 칭찬해야겠다고 생각한 데일이 라티나 곁에 도달하기 전에 케니스가 울린 노커에 반응이 있었다. 본채 문이 열리면서 라티나의 의식이 그쪽으로 향했다. 케니스에게는 간발의 타이밍이라고 할 수 있었다.

집주인은 케니스보다 연상인 것 같은 과묵해 보이는 남성이었다. 마디마디 불거져 나온 손가락에서도, 햇볕에 탄 용모에서도, 노동에 힘쓰고 있는 근면함이 보였다. 몸에 걸친 의류는 사치스럽지는 않았으나 기운 흔적도 없었다. 손님을 맞이하기 위해 골라 입었을 수도 있지만, 그런 의류의 상태만으로도 이 집이 그런대로 유복함을 헤아릴 수 있었다.

미리 단골 푸줏간에 연락을 부탁해 두기도 해서, 얀이라고 이름을 밝힌 집주인과 케니스는 초면답게 무난한 인사를 나눴다. 그 후 케니스는 뒤돌아 짧게 라티나를 불렀다.

"라티나."

"오늘 잘 부탁드립니다!"

한 발자국 앞으로 나간 라티나는 처음 보는 상대라 조금 긴장한 것 같기는 했으나 분명한 목소리로 정중하게 인사했다.

그런 그녀를 보고 얀도 희미하게 웃은 것 같았다.

"일단 안에 들어와서 차라도."

"시간을 많이 뺏기도 미안하니 됐어."

형식적인 차 권유에 무난하게 대답한 후, 케니스는 안내를 먼저 해 달라고 부탁했다. 가게를 맡긴 리타에게 오늘은 밤 영업을 쉬어도 된다고 미리 말해 뒀지만, 그래도 어두워지기 전에는 귀로에 오르고 싶었다. 그런 심정도 있기에 나온 행동이리라.

얀은 기분 상한 모습 없이 미미하게 고개를 끄덕여 승낙하고서 앞장서 걷기 시작했다.

한편 제일 끝에서 걷는 데일은 라티나의 지적 욕구를 채우는 식생활 교육의 일환이라지만 케니스가 이런 기회를 갑자기 마련한 것에 의문을 느끼기도 했는데 그 의문도 이후 곧장 풀렸다.

"그렇군. 사료에 그런 걸 섞어서……."

"데일, 사료가 뭐야?"

"먹이를 말하는 거야. 가축의 밥."

축사를 안내받으며 이야기를 듣는 케니스는 데일이 예상했던 것보다도 훨씬 열심히 설명을 들었다. 아무래도 정말 겸사겸사 라티나를 데려온 듯했다.

"배합도 일반적인 사료와 다른 것 같은데."

"시행착오를 거친 결과, 이편이 돼지의 비계가 좋아졌어."

케니스의 열정이 전해졌는지 과묵했던 얀의 설명도 점차 열기를 띠었다.

"돼지 밥, 다른 곳과 달라?"

"……그게, 라티나…… 나도 그렇게 자세히는 몰라…… 미안……."

스승에게 물려받은 열정의 편린이 보이는 어린 제자는 자신이 모르는 말이 나오면 옆에 있는 『보호자』에게 물어봤지만 데일도 축산 사정에 관해서 전문적으로 알지는 못했다.

그의 고향에는 가축도 있었고 밭일도 활발한 토지여서 여러 가지를 보긴 했으나 일족의 당주 집안에서 자란 데일은 그런 작업에 종사하진 않았다.

“나는 기껏해야 바쁜 시기에 도와줄 뿐이었으니까…….”

“흐응.”

라티나는 이유는 몰라도 그렇구나 하고 납득한 것 같았다.

그녀의 표정에서 낙담이 보이지는 않았지만, 데일로서는 그건 그것대로 유감스러웠다. 뭐든 다 아는 믿음직한 『보호자』이고 싶었다는 마음의 문제였다.

“돼지, 크다.”

“그러게.”

아이다운 흥미로 넘어가 줘서 솔직히 안도했다.

이 아가씨의 질문은 본질을 꿰뚫는다고 할까, 케니스와 다름없는 전문적인 의문을 품을 것 같아서 무서웠다.

“귀여워.”

“그러는 라티나가 귀여워!”

먹이통에 코를 박고 정신없이 먹는 돼지를 본 라티나는 데일을 올려다보며 해맑게 웃었다.

그에 대답하는 데일은 정말이지 여전했다.

그 직후, 뭔가를 알아차렸는지 옆 울타리로 달려간 라티나는 매우 기뻐하며 회색 눈을 빛냈다.

"아기 돼지……."

그 울타리 안에는 돼지 몇 마리가 있었다. 다 자란 어미 돼지 주위를 둘러싼 돼지들은 딱 보기에도 확실하게 작았다. 얼굴도 어딘가 귀엽고 애교가 있었다.

"아기 돼지…… 귀여워……!"

그런 라티나를 본 데일은 맨 처음 품었던 불안을 다시 느꼈다.

오래 알고 지낸 만큼 예측이 가는데 케니스라면 이후 해체 현장까지 견학할 것이 틀림없다. 어린 라티나에게 도살 현장을 보여 주지는 않겠지만, 귀엽다며 바라봤던 동물과 같은 종이 고깃덩어리가 되는 광경은 트라우마가 되지 않을까.

하지만 어떻게 말을 꺼내야 할까.

고민하며, 울타리에 찰싹 붙어서 열심히 새끼 돼지를 관찰하는 라티나에게 말을 걸었다.

"……라티나."

"응?"

"돼지, 귀여워?"

"응!"

"보게 돼서 다행이네."

"응!"

좀처럼 질문에 도달할 수 없었다.

지금 자신이 하려는 것은 라티나 입장에서 보면 『심술궂은 질문』

이었다. 라티나를 위해서라지만 그녀에게 미움받게 될지도 모르는 질문을 좋다고 던질 리 없었다.

"폐기할 예정이었던 것을 시험 삼아 줘 본 것이 계기였는데……."

"아아. 그러고 보니 대풍작이었던 해가 있었지. 그것도 이 마을의 특산품이었나."

케니스와 얀의 대화는 여전히 활기를 띠고 있었다. 어째서 저렇게나 즐겁게 대화하는지 데일은 전혀 이해할 수 없는 차원이었다.

시간은 아직 있었다. 그렇다면 그걸 이유로 피할 수도 없을 것이다. 이것도 『보호자』의 역할이었다.

"……저기, 라티나."

결심하고 말을 꺼냈다.

"응?"

"라티나가 지금 귀엽다며 보고 있는 동물은 우리가 매일 먹는 고기인데……."

말을 잘 고르지 못해서 상당히 직접적인 표현이 되어 버렸다. 반성했으나 되돌릴 수도 없으므로 데일은 그대로 말을 이었다.

"이렇게 살아 있는 모습을 보고, 그래도 라티나는 앞으로도 고기를 먹을 수 있겠어?"

애초에 데일이 이토록 예민해져 신경을 쓰는 것은 라티나가 매우 마음씨 착한 소녀이기 때문이었다.

자신이 살기 위해 다른 생명을 먹는다.

그것은 모든 생물에게 공통된 일이지만, 다정한 라티나가 마음 아파하는 것은 데일의 본의가 아니었다.

"……."

그러나 라티나의 반응은 데일이 상상했던 것과 전혀 달랐다.

"있지, 데일."

그녀는 잠시 말을 끊고서 생각에 잠기더니 단호하게 지론을 펼쳤다.

"귀여운 것과 맛있는 것은 달라."

"뭐……?"

너무하다면 너무한 발언이었다.

"귀여워도 맛있는 건 어쩔 수 없어. 밥은 중요해. 안 먹으면 죽어."

늘 명랑한 라티나의 말이라고는 상상도 할 수 없을 만큼 발언에 어둠이 있었다.

언제나 호기심으로 반짝반짝 빛나는 회색 눈동자도 지금은 심연을 엿보듯 어두웠다.

실제로 그것은 데일이 쉽사리 잊어버리지만 케니스는 확실하게 파악하고 있는 라티나의 일면이기도 했다.

평소 하루하루를 즐겁고 행복하게 지내는 라티나의 모습을 보다 보면 데일처럼 반응하는 것도 어쩔 수 없지만, 그녀는 영양실조로 한 번 죽을 뻔했었다.

부친과 사별하고 홀로 크로이츠 남쪽의 『숲』을 헤매던 라티나를

데일이 조금이라도 늦게 발견했다면 위험했을지도 모른다. 그것이 『범고양이』에 모이는 모든 이의 견해였다. 그 정도로 『범고양이』에 처음 왔을 당시의 라티나는 바싹 야위어 있었고 체력도 없어서 빈번히 휴식이 필요했었다.

원래부터 마인족이 튼튼한 종족이고 적절한 식사와 생활 환경이 갖춰지면서 쾌차도 빨랐다. 그것들을 관리했던 사람은 조리 기술과 지식이 뛰어난 케니스였으므로 더더욱 데일과 차이가 있는 것일지도 모른다.

라티나가 식사에 고집하는 것은 나고 자란 환경에 의한 문화 충격 때문만이 아니었다. 고독과 굶주림에 고통받던 서바이벌 기간이 트라우마가 되었기 때문이기도 했다.

그런 배경을 감안하면 라티나의 혹독하고 현실적인 발언도 어쩔 수 없었다.

"이상하게 생겼어도 독이 없으면 괜찮아."

혹독한 것도 정도가 있었다.

"어? 잠깐…… 라티나……?"

"우웩 하는 풀도, 써서 눈이 찡그려지는 풀도, 독이 없으면 괜찮아."

"독의 유무만이 먹을 수 있는 판단 기준인 건 아니야!"

참고로 라티나는 타고난 위험 감지 능력으로 동식물의 독 유무 등을 명확하게 『판별』할 수 있었다. 부친 라그와 함께 『숲』 속을 이동했을 때도, 부친이 죽고 혼자서 헤맸을 때도, 그녀의 목숨을 구한 것은 그 능력이었다.

라티나에게 그런 능력이 있음을 데일은 몰랐지만, 아무래도 라티나가 『보통은 하지 않는 일』을 했었다는 결론에 이른 것 같았다. 약간 뒤집힌 목소리로 태클을 걸었다.

그러나 여전히 심연을 들여다보는 눈을 한 라티나는 재차 딱 잘라 단언했다.

"맛이 없어도, 안 먹으면 죽어."

"어어…… 으음……."

"그러니까 맛있는 건 어쩔 수 없어."

"뭔가…… 응…… 그…… 뭐냐, 미안……."

일종의 진리에 도달한 듯한 라티나의 모습을 보고, 이 나이에 그럴 수밖에 없었다는 점도 포함하여 데일은 더 이상 아무 말도 할 수 없게 되었다.

그렇게 귀여운 수양딸의 새로운 일면을 확인한 데일 옆에서 케니스의 지식욕도 어느 정도 만족을 얻은 것 같았다.

케니스가 이번에 굳이 지게에 온 것은 크로이츠에서 늘 고기를 사는 푸줏간의 상품 중에 일부 상품의 육질이 확연하게 다름을 알아차렸기 때문인 모양이었다. 푸줏간 주인에게 물으니 그 고기들은 전부 같은 축산 농가가 키운 것이라고 했다.

"사육 방식이나 사료에 명백한 차이가 있을 것 같아서 실제로 보러 온 거야."

"흐아……."

"라티나는 눈치 못 챘나 보구나. 다음에 먹고 비교할 수 있는 메뉴로 만들어 줄게."

"응!"

흥미진진하다는 반응을 보이는 라티나는 분명히 스승의 영향을 크게 받고 있었다.

"아직 시행착오 중인 것 같지만 앞으로 부가 가치가 생겨도 이상하지 않아."

"맛있는 고기, 대단해."

천진난만하게 말하는 라티나는 매우 귀여웠으나 아까 그 발언을 들은 데일은 미묘한 표정을 짓고 말았다.

그 후 안내받은 닭장에서도 라티나는 아주 즐거워 보였다.

꽤 큰 공간에 풀어서 기르는 닭은 거친 일 전문가인 데일이 보기에도 제법 박력 있고 성깔 있는 느낌이었지만 라티나는 변함없이 그런 것에 겁먹지 않았다.

얀이 갓 태어난 병아리를 대담하게 집어 들어 라티나의 손에 올렸다.

"흐와아아아아……!"

폭신폭신한 감촉과 확실히 느껴지는 체온.

손 위의 작은 생명에 감동한 라티나는 어떻게 움직이면 좋을지 알 수 없게 된 것처럼 병아리를 받은 자세 그대로 꼼짝도 하지 않았다.

라티나의 그런 일련의 행동은 초면인 얀에게도 좋은 인상을 준 모양이었다.

못된 장난을 치지도 않고 예의가 발랐다. 그뿐만이 아니라 처음 보는 모든 것을 진지하고 열심히 바라보았다. 어리지만 분명하게 배우려고 하는 자세가 확실하게 느껴졌다.

그래서 얀은 닭에게 모이 주는 작업을 라티나에게 맡기기로 했다.

손님에게 일을 시킨다고 하면 듣기는 나쁘지만, 가축을 흥미진진하게 바라보는 라티나에게 좀 더 함께 어울릴 기회를 주자고 생각한 듯했다. 그리고 라티나는 원래 워커홀릭 기질을 가진 소녀였다.

『일손 돕기』 스위치가 켜지면 얀이 상정했던 것보다 더 빠릿빠릿하게 움직이는 것이 라티나라는 소녀였다.

모이의 양과 종류, 모이와 도구가 놓인 곳, 사용법. 그런 다양한 것들을 라티나는 한 번의 설명으로 바로 이해했다.

넓은 사육장에서 닭을 근거리 관찰할 수 있는 것도 기쁜 듯했다.

여기저기 총총 이동하는 라티나는 마치 여러 번 작업했었던 것처럼 맡은 일을 소화하기 시작했다.

라티나가 너무나도 잘 배워서 그녀의 행동에는 묘한 안심감이 있었다.

—그게 원인이었을 것이다.

"데일."

"응? 왜?"

"그러고 보니 요전번에 네가……."

물어본 의문의 내용은 대단치 않았다. 하지만 케니스가 데일을 부른 그 순간, 이 자리에 있던 모든 어른이 라티나에게서 눈을 뗐다.

시간으로 따지면 몇 분도 채 되지 않았다.

그 순간을 노렸던 것처럼 라티나가 축사를 나간 것에 타의는 없었다. 들고 있던 사료가 다 떨어졌기에 새로 가지러 간 것이었다. 자그마한 그녀가 들고 올 수 있는 사료의 양은 한정되어 있었다. 이미 몇 번이나 반복한 행동이었으므로 특별히 주위에 양해를 구하지도 않고서 라티나는 밖에 나갔다.

예상치 못한 사태는 거기서 일어났다.

라티나의 시야 끄트머리에서 뭔가가 움직였다.

"응?"

중얼거리며 고개를 갸웃했다.

거기서 그녀는 병아리가 밖에 나왔을지도 모른다고 추측했다. 드나들면서 조심하긴 했지만 세상에 절대적인 것은 없었다. 똑똑하기 때문에 나이에 걸맞지 않게 리스크 매니지먼트적인 생각을 한 그녀는 뭔가가 움직였던 곳으로 슬슬 다가갔다.

풀숲 뒤편을 들여다보았다.

다시 움직인 무언가는 병아리보다 커다란 존재인 것 같았다. 그 사실에 일단 안도했다.

안도했다는 것은 긴장이 풀렸다는 의미이기도 했다. 어린 라티나는 그렇게 긴장이 풀린 상태로 『무언가』의 정체를 간파하고 말았다.

"토끼……."

거기 있던 것은 작은 야생 토끼였다.

억누를 수 없는 흥분에 라티나의 표정이 빛났다.

생김새가 사랑스러운 토끼라는 생물은 동서고금을 막론하고 어린아이를 위한 동화의 재료로 많이 이용되었다.

독서가인 라티나는 그림책이나 동화를 아주 많이 읽었다. 삽화, 의인화한 일러스트 모티브. 그런 매체로만 봤던 복슬복슬한 생물.

귀여운 동물을 좋아하는 라티나가 처음으로 실물 토끼를 보고 만 것이다.

"토끼……!"

깡충 뛰어 자리에서 벗어나려는 동작조차 그림책으로 봤던 그대로였다. 라티나의 흥미를 돋울 만한 상황이었다.

그리하여 라티나는 도망친 토끼의 뒤를 정신없이 쫓는다는 행동에 나서고 말았다. 데일과 케니스에게 양해를 구한다는 판단은 그녀의 안에서 사라진 상태였다. 지금은 눈앞의 토끼를 놓치지 않는 것이 최우선 사항이었다.

"갈색……. 털갈이, 하고 있는 걸까. 새끼를 기를 때는 집을 만든다고 그림책에 적혀 있었는데, 아기 토끼 볼 수 있을까."

아까 봤던 새끼 돼지도 그렇게나 사랑스러웠었다. 복슬복슬 귀여운 토끼의 새끼라면 더 귀여울 것이 틀림없다.

그렇게 라티나의 머릿속은 토끼로 가득 차게 되었다.

똑똑하기는 하지만 라티나는 아직 어렸다. 흥미에 이끌려 경솔하게 행동하는 것도 어쩔 수 없는 일이었다. 호기심 왕성한 성격이

나쁜 쪽으로 작용했다고도 할 수 있었다.

이리하여 에이프런 드레스에 달린 프릴을 나부끼며 라티나는 닭장과는 전혀 다른 방향으로 달려갔다.

한편, 라티나의 부재를 먼저 알아차린 사람은 데일이었다.

하지만 데일도 처음에는 그 사실에 의문을 품지 않았다. 라티나가 닭 모이를 양손으로 안고서 닭장 안팎을 몇 번이나 왕복하고 있다는 것은 데일도 알고 있었다.

그렇게 열심히 일하는 라티나를 방해하지 않도록 간섭하지 않고 지켜보고 있었으니 당연한 일이었다.

한동안 기다렸다. 하지만 기다려도 라티나가 돌아오지 않아서 의문이 들었다.

성실한 라티나가 일을 팽개치고 멋대로 어딘가에 놀러 가지는 않았으리라. 라티나가 다른 어떤 생각도 못 하고 열중할 때는 길에서 고양이와 조우했을 때 정도였다. 뭔가가 이상했다.

데일은 그렇게 현시점에서 가능한 판단을 내렸다.

고양이가 아니라 토끼였지만 대체로 옳은 상황 판단이었다. 판단이 오차 범위 내인 것도 평소에 라티나를 그저 예뻐만 하는 것이 아니라 확실하게 그녀를 신경 쓰고 있다는 증거였다. 그는 의외로 제대로 된 『보호자』였다.

"케니스, 라티나가 안 돌아와."

"음? ……그러고 보니 그러네. 언제부터지?"

"지금까지 걸린 평균 시간보다 2.8배는 더 걸리고 있어. 무슨 일이 일어났을지도 몰라."

유난히 구체적인 평균 시간을 계산해 낸 부분이 놀라운 발언이었다.

"잠깐 주변을 보고 올게."

한마디 남기고 데일은 닭장에서 나갔다. 그대로 뛰다시피 주변을 돌았다. 라티나의 모습이 없음을 확인하고서 이번에는 그녀가 왕복했던 사료 두는 곳을 확인했다.

"……없어."

표정이 조금 굳어졌지만 그래도 데일은 일단 닭장으로 돌아왔다. 이곳은 얀의 사유지였다. 라티나를 찾기 위해서도 집주인의 허가를 구해야 했다.

얀도 라티나가 멋대로 놀러 다니는 아이가 아님을 알아줬는지 데일의 걱정을 이해했다. 『범고양이』의 단골손님들처럼 평상시의 흐물흐물 딸바보 모드 데일을 모르기에 보호자로서 걱정하는 것도 당연하다고 생각한 것 같았다.

"라티나!"

이름을 부르고 주변을 찾아다닌다. 대답이 없다. 재차 이름을 부른다.

그것을 반복할 때마다 마음속 불안은 점점 커졌다.

라티나는 매우 예쁘게 생긴 아이다. 인품이 좋지 못한 자가 사냥감으로 노릴지도 모른다는 생각을 노파심이라고 치부할 수 없을 만큼 사랑스러웠다.

하지만 크로이츠였다면 그녀에게 손대기는 어려웠을 것이다.

모험가로서 이름을 날리고 있는 데일이 어린 수양딸을 끔찍이 예뻐한다는 것은 이미 크로이츠에 널리 알려져 있었다. 게다가 『범고양이』의 아이돌로서도 인지도가 높은 라티나를 건드리는 것은 그 가게의 단골손님 대다수를 적으로 돌리는 것과 같았다. 단골손님들의 눈도 크로이츠 곳곳에 있었다.

과신할 수는 없지만 크로이츠에는 라티나를 비호하는 자가 몇 명이나 있었다.

그러나 이곳 지게에서는 그렇지 않았다.

그래서 데일은 만에 하나 벌어질지도 모르는 최악의 사태를 포함하여 상황을 재확인해야겠다고 생각했다.

하지만 결론부터 말하자면 흉흉한 사건은 아니었다.

이성을 잃고 토끼를 쫓아간 라티나는 그다지 쓰이지 않는 것 같은 헛간에 도착했다. 토끼에게는 딱 좋은 은신처일 것이다. 문틈으로 안에 쏙 숨어들었다.

라티나도 그 뒤를 따랐다.

문틈은 아담한 라티나도 들어가기 빠듯할 만큼 좁아서 몇 번 낑낑거리기는 했지만 정신없이 통과했다.

마침내 야생 토끼를 따라잡은 라티나가 슬금슬금 거리를 좁히자 토끼는 의아해하는 것처럼 보이는 얼굴을 하고서 동그란 눈으로 그녀를 보았다.

본래 야생 토끼는 겁이 많고 경계심이 강할 텐데 그 이상 도망가려는 기색은 보이지 않았다. 라티나에게는 일부 동물에게 쉽게 호감을 사는 묘한 성질이 있는데 그 스킬은 초식 동물에게도 유효했던 모양이다.

"우와아……."

큰 목소리를 내서 깜짝 놀라지 않도록 조심하며 살며시 손을 내밀었다. 토끼는 라티나를 관찰하는 것처럼 바라보며 코를 실룩였다.

"귀여워."

생글생글 웃으며 만족스럽게 기뻐하던 라티나는 거기서 퍼뜩 정신을 차렸다.

그 타이밍에 그녀가 정신을 차린 것은 평소라면 이럴 때 반드시 들리는 「그렇게 말하는 라티나가 더 귀여워!」라는 대사가 없는 것에 무의식적으로 위화감을 느꼈기 때문일지도 모른다.

두리번두리번 주위를 둘러보았다.

토끼를 쫓느라 정신이 없었는데 지금 자신이 있는 곳은 모르는 장소였다. 닭 모이 주는 법을 배우고 출입을 허가받았던 헛간과도 달랐다.

"……!"

자신의 실수를 깨닫고 황급히 문으로 향했다. 하지만 문을 잡고 움직이려고 해도 어딘가에 걸렸는지 꿈쩍도 하지 않았다.

"……읏!!"

당황해서 문을 덜컹덜컹 움직인 것도 악수였다. 조금이라도 움직이는 방향으로 힘을 준 결과, 원래 상태보다 틈이 더 좁아지고 말았다.

"어쩌지……."

중얼거리고 막막해졌다.

들어온 이상, 원래대로라면 틈으로 다시 나갈 수 있었다. 하지만 이제는 자그마한 라티나도 통과할 수 없는 상태가 되어 버렸다.

실수를 깨닫고 한심하게 눈썹이 축 처졌지만 라티나는 울음을 터뜨리지 않았다. 큰 목소리로 난리를 피우지도 않고 헛간 안 나무 상자 위의 먼지를 휙 털어 낸 다음에 다소곳이 앉았다.

울거나 난리를 피워서 체력을 소모해 봤자 상황이 개선되지는 않는다.

그것은 그녀가 일곱 살 때 깨달은 생존 전략 중 하나였다.

그리고 자신의 보호자에 대한 절대적인 신뢰도 있었다. 얌전히 기다리고 있으면 분명 찾으러 와 주리라. 약 1년간 데일과 케니스와 지낸 라티나는 그 사실을 전혀 의심하지 않았다.

"일 제대로 돕지 못해서 죄송하다고 사과해야겠다……."

너무 들떠서 이것저것 소홀히 했다는 데 생각이 미쳐 어깨를 축 떨궜다. 혼자 앉아 있으니 생각이 나쁜 방향으로 기울었다.

그렇게 라티나가 반성회 모드로 들어갔을 때, 그녀의 무릎 위에 털 뭉치가 폴짝 올라왔다.

"앗!!"

부정적인 사고가 대번에 날아갔다.

토끼 쪽에서 접촉해 오다니 생각지도 못한 일이었다. 만지고 싶다, 쓰다듬고 싶다는 욕구가 재차 머릿속을 가득 채웠다. 하지만 싫어하며 도망치기라도 하면 아쉬운 일이다. 어떻게 하면 좋을까.

예측하지 못했던 사태에 처리 능력이 쫓아오지 못했고, 그 결과 라티나는 무릎 위에 토끼를 올린 자세로 굳었다.

그래도 가까이서 복슬복슬한 토끼를 관찰할 수 있어 너무나도 행복했다. 움직일 수 없지만 행복했다. 토끼의 온기로 무릎 위가 따뜻했다. 그리고 역시 움직일 수 없었다. 따끈따끈했다. 움직일 수 없었다. 복슬복슬…… 따끈따끈…….

그런 갈등을 겪다가 라티나는 잠들었다.

패인은 틀림없이 어젯밤 제대로 잠을 못 잔 것이었다.

데일이 라티나를 찾는 목소리는 이곳에도 어떻게든 전해졌지만 꾸벅꾸벅 조는 라티나는 알아차리지 못했다.

그리하여 얼마 후— 세워 뒀던 농기구가 쓰러지며 어딘가에 끼어 열리지 않았던 헛간 안에서 얀이 라티나를 발견했을 때, 그녀는 야생 토끼 세 마리에게 둘러싸여 새근새근 잠들어 있었다. 꿈나라를 여행 중이었던 라티나는 어느새 토끼가 늘어났다는 것을 아쉽게도 알지 못했다.

그렇게 저도 모르게 낮잠으로 이행해 버린 라티나를 발견한 사람은 집주인인 얀이었다.

그 무렵, 라티나를 찾아다녔을 터인 데일이 뭘 하고 있었느냐면—.

—동네(지게)에서 살짝 유명한 소위 불량 청소년 그룹에게 트라우마를 안기며 추궁하는 갱생 사업에 착수해 있었다.

라티나가 사라져 데일이 『최악의 사태』를 상정한 것을 잘못된 일이라고는 할 수 없었다. 라티나의 외모가 매우 반듯하여 호색가의 표적이 될 가능성이 있기 때문만은 아니었다. 라티나는 그 복장만 봐도 유복한 보호자에게 사랑받고 있음을 똑똑히 알 수 있었다. 그녀를 끔찍이 예뻐하는 데일은 복장 하나에도 금전을 아끼지 않았다. 프릴이 듬뿍 달린 에이프런도, 초록색 원피스도, 서민의 평상복이라고 하기에는 너무 화려한 복식이었다.

금전을 노린 유괴. 그 가능성도 배제할 수 없었다.

그런 가능성이 화두에 올랐을 때, 인근 폐가를 근거지로 삼은 『말썽쟁이』들의 존재를 얀이 곧장 떠올린 것이 『그들』에게 닥친 불행의 시초였다.

음주와 폭행, 기물 파손 등, 소위 반사회적인 행동을 즐기며 그것을 멋있다고 생각하는 『말썽쟁이』들의 존재를 얀이 탐탁지 않게 여겼던 것은 사실이리라. 그들의 근거지인 폐가가 가까워서 자신의 농장이 적잖은 피해를 보고 있는 것도 원인이었다.

그래서 얀은 『가능성 중 하나』로 『말썽쟁이』들의 범행일지도 모른다고 시사했다.

물론 데일도 그 상황만 보고 『그들』을 범인이라고 단정 짓지는 않았다. 주변 수색을 얀에게 맡기고서 케니스와 함께 뭔가 알고 있는 것이 없는지 이야기를 들으러 갔을 뿐이었다.

그런데 데일이란 남자는 본래 섬멸전이 특기였다.

너무 직접적인 표현이지만, 평소 데일이 『마왕』 관련으로 하는 『일』 대부분이 그런 것이라서 그렇게 말할 수밖에 없었다.

“폐가를 통째로 묻어 버리는 게 제일 간단한데. 라티나가 있을지도 모르니 그건 안 된단 말이지.”

피도 눈물도 없는 발언이었다.

그렇게 혼잣말하며 얀에게 들은 폐가로 향했다. 폐가로 가는 길은 황폐해지긴 했어도 풀이 무성해서 통행이 곤란한 수준은 아니었다. 그런대로 많은 인원이 빈번하게 이용 중이라는 증거였다.

폐가 뒤편으로 가는 케니스와는 도중에 헤어졌다. 길을 돌아가게 된 케니스가 정해진 장소에 도달할 시간을 벌기 위해 데일은 천천히 걸었다.

목적지가 시야에 들어왔다.

입구 앞에 『말썽쟁이』 몇 명이 모여 있는 것이 보였다. 저쪽도 데일의 존재를 눈치챈 듯했다. 의심스럽게 그를 본 후, 매우 불쾌하다는 듯 얼굴을 찌푸렸다.

비우호적인 태도를 보이는 자에게 웃으며 대처할 마음이 데일에게는 없었다. 그래서 데일은 고압적인 태도로 무뚝뚝하게 용건을 말했다.

"몇 가지 묻고 싶은 게 있어."

"엉?"

"뭐야. 시끄럽네. 꺼져."

예상은 했지만 역시 그들도 데일에게 우호적으로 대응할 마음이 없는 듯했다.

불쾌해하며 내뱉은 남자들 중 한 명이 데일의 멱살을 잡으려고 손을 뻗었다. 그런 상대의 반응이 데일에게는 제법 신선했다. 크로이츠에서는 검은색 가죽 코트와 왼팔의 비갑이라는 트레이드 마크로 실력 있는 모험가로서 유명한 데일에게 싸움을 거는 무뢰배가 거의 없었다.

'꺼지라고 하면서 잡아당기려고 하다니, 별로 머리 좋은 행동은 아니네.'

그런 생각을 하면서도 몸은 거의 무의식적으로 움직였다. 뻗어 나온 손을 쳐 내고, 상대의 자세가 살짝 무너진 순간에 발을 걸어 넘어뜨렸다. 아차 싶었지만, 한두 명 입을 다물게 해도 이야기를 들을 상대는 남아 있을 거라며 그다지 냉정하지는 않은 판단을 내렸다.

동료 한 명이 꼴사나운 자세로 넘어진 것을 본 다른 남자들이 즉각 격앙한 것도 데일이 그런 판단을 내린 이유였다. 별 의미 없는 고함을 지르며 데일에게 쇄도했다. 명백하게 격이 다른 상대임을 이해하지 못하는 것은 결국 작은 마을에서 자기들보다 약한 자만 상대했기 때문이리라.

폭력으로 해결하려는 상대에게는 그에 상응하는 태도로 대할 뿐이다.

애초에 데일은 자타공인 라티나 바보였다. 그런 데일이 그녀의 소재를 알 수 없는 현 상황에 냉정할 리 없었다. 평소보다 성급하고 충동적인 판단임은 부정할 수 없었다. 그는 충분히 짜증이 나 있었다.

왼팔에 찬 비갑으로 잘못 때리면 치명상이 된다. 그래서 각도를 신경 써 상대의 턱을 분쇄할 정도로만 조절했다.

주먹의 궤도를 피하는 것은 반사 신경에 맡겨도 충분했다. 몸을 숙여 거리를 좁히고 휙 던져 버렸다. 맨 처음 넘어뜨린 남자가 일어나려 하고 있었지만 자신 쪽으로 날아온 동료 때문에 다시 지면에 엎어졌다.

순식간에 동료의 수가 줄어들자 마지막 한 명이 무기를 꺼냈다. 전의를 상실하지 않은 것은 칭찬할 점이 아니라 여전히 현실을 보지 못했다고 비난해야 할 점이지 않을까.

찔러 들어오는 단검을 특별히 피하지도 않고서 데일은 대치했다.

"뭐야?"

무슨 일이 일어났는지 알 수 없어 남자가 멍청한 표정을 지은 것은 흉기가 제 역할을 다하지 않고 가죽 코트에 희미한 흠집조차 내지 못했기 때문이었다.

데일의 검은색 코트는 평범한 가죽 코트가 아니라 마수의 가죽으로 만든 마도구 방어구였다. 불량배의 무딘 칼 정도로는 위협이 되지 않았다.

어안이 벙벙해진 표정의 남자는 곧 데일의 주먹 일격에 의식이 날아갔다.

그때 폐가 안에는 아직 남자들이 여럿 있었지만, 난투 소리를 알아차리고 봤더니 이미 제압이 끝났다는 것에 놀라 공황 상태에 빠졌다.

그들은 자신들의 소행이 나쁘다고 자각하고 있었다. 그래서 마을의 누군가가 자신들을 제압하기 위해 사람을 보냈다고 판단했다. 눈앞의 남자는 너무 위험하다. 그렇다면 뒷문으로 탈출해야겠다는 것까지는 틀리지 않은 판단이었다.

거기서 그들은 뒷문 쪽에 거한이 서 있음을 눈치챘다.

서로 얼굴을 마주 보고 망설였다.

딱 보기에도 강인해 보이는 거한을 상대하기보다는 그래도 눈앞의 젊은 남자가 쓰러뜨릴 가능성이 있을지도 모른다고 결론지었다.

실제로는 현역에서 은퇴한 지 꽤 된 케니스 쪽이 데일과 비교하면 위협도가 낮았지만, 거기까지 꿰뚫어 볼 안목은 그들에게 없었다.

반쯤 자포자기 심정으로 폐가를 뛰쳐나온 나머지 면면을 데일이 해치우는 데 걸린 시간도 그리 길지는 않았다.

하지만 그들의 공포는 거기서 끝나지 않았다.

데일은 전의를 상실하고 덜덜 떠는 남자들 중 한 명을 잡아 일으켜 굳이 회복 마법을 걸었다. 그리고서 낮은 목소리로 말했다.

"물어볼 게 있다고 했잖아. 얌전히 질문에 대답해."

전의를 완전히 상실하여 몹시 유순해진 남자는 그저 수긍할 수 밖에 없었다.

남자의 반응을 확인한 데일은 이곳에 온 목적을 이루기 위해 입을 열었다.

"터무니없이 사랑스럽고 무진장 귀여운 작은 여자아이를 알아?"

그 무렵 낮잠에 빠져 버린 라티나는 얀에게 발견되었으니 남자가 알 리 없었다. 하지만 그들이 먼저 폭력적인 행동에 나섰으므로 완전히 무고한 피해라고 할 수도 없었다.

피해자(아마도)인 남자가 본 지금의 데일은 압도적인 힘으로 자신들을 가차 없이 때려눕힌 후에 일부러 치료를 베풀고서 진지한 얼굴로 어린 여자아이에 관해 묻는 낯선 존재였다.

도저히 영문을 알 수 없었다.

자신들을 처리하러 온 모험가라고 하는 편이 훨씬 이해하기 쉬웠다.

"알아? 몰라? 확실히 대답해. 너무너무 귀엽고 똑똑하고 언동 전체가 사랑스러운 여자아이야."

진지한 얼굴로 더욱 바싹 다가왔다.

모른다고 솔직하게 대답하더라도 전혀 믿어 줄 것 같지 않았다. 그리고 질문의 의도를 도통 이해할 수 없었다. 아울러 아까부터 수식어가 왜 이렇게 과한지도 알 수 없었다.

표정을 읽을 수 없다는 점도 무서웠다.

원래 이해할 수 없는 존재는『무섭다』.

그런 의미에서 이때의 데일은 그저 무서운 존재일 뿐이었다.

뒷문으로 들어온 케니스가 상황을 관찰하고서 아무래도 그들은 전혀 관계가 없는 것 같다고 판단을 내렸다. 그 결과, 데일에게 잡혀 있던 남자는 데일로부터 해방되고 안도하여 어린애처럼 울었다.

데일은 어이없다는 표정을 지었으나 케니스는 그들을 조금 동정했다.

“뭐야, 모르는 건가. 그럼 처음부터 그렇게 말하지.”

혀를 차며 내뱉은 데일은 『땅』 속성 회복 마법을 사용했다. 『가호』의 은혜로 마력을 소비하지 않는 엄청난 성능의 마법은 시골 젊은이들에게 정말로 『마법 같은』 이해할 수 없는 현상이었다.

전신의 상처가 치유되어도 그들의 마음에 새겨진 트라우마는 치유되지 않았다.

이것을 계기로 지게의 『말썽쟁이』들 대다수는 갱생하여 성실한 길로 나아가게 되었다. 반골 정신을 잊지 못한 나머지도 뭔가에 겁을 먹은 것처럼 그리 심한 짓은 하지 않게 되었다.

그리고 그들이 어른이 되고 부모가 되었을 때, 입을 모아 아이에게 말하게 된다. 「주위에 민폐를 끼치면 검은 옷을 입은 마왕이 찾아온다」라고.

그 『마왕』은 대외적으로는 마왕을 타도한 영웅이었지만, 불행인지 다행인지 그들은 『백금의 용사』라고 칭송받게 되는 영웅의 모습을 보지 못했기에 구국의 영웅에 대한 이미지가 무너지는 일도 없었다.

데일과 케니스가 수확이 없었음을 보고하러 돌아왔을 때, 라티나는 얀에게 발견된 상태였다.

이때에는 역시 깨어나 있던 라티나는 딱 보기에도 의기소침한 모습이라서 얀도 쓴웃음을 짓고 있었다.

"데일, 케니스…… 걱정 끼쳐서 미안해."

"라티나!"

풀이 죽었지만 확실하게 사죄의 말을 꺼낸 라티나를 다짜고짜 껴안으려고 한 데일을 케니스는 일단 말리는 데 성공했다.

"자신이 무슨 일을 저질렀는지 알고 있어?"

"일, 제대로 못 도왔어. ……가면 안 되는 곳에 멋대로 갔어. ……다른 사람 집인데 함부로 들어갔어……."

자신의 잘못을 술술 말하는 라티나를 보고 얀도 깜짝 놀란 것 같았다. 그런 얀에게 케니스도 쓴웃음을 지었다.

잘못은 꾸짖어야 하지만, 이미 자신의 과실을 이해하고 반성하는 어린아이를 더 꾸짖을 말은 거의 없었다.

"얀 씨도, 모처럼 일을 시켜 줬는데 폐 끼쳐서 죄송합니다."

"그런 건 됐어. 이제 괜찮으니까. 아무튼 라티나가 무사해서 정말로 다행이야."

"라티나, 실수하고 잘못했으니까…… 데일, 『그런 건 됐다』라고 하면 안 돼."

게다가 자신에게 물러 터진 보호자에게 질책을 요구했다.

그렇게까지 하니 케니스도 필요 이상으로 야단칠 수 없었다. 조금 거칠게 라티나의 머리를 쓰다듬은 후, 얀에게 고개를 돌렸다.

“시간을 내어 정중하게 대응해 줬는데도 불구하고 폐를 끼쳐서 정말로 미안해.”

케니스의 사죄에 퍼뜩 놀란 표정을 지은 후, 라티나도 그 옆에서 다시 한번 확실하게 머리를 숙였다.

“아냐. 어린애가 한 일인걸. 신경 안 써.”

“그렇게 말해 주니 고맙군.”

얀의 대답에 답한 케니스는 자신 옆에서 고개 숙이고 있는 라티나의 머리를 한 번 더 쓰다듬었다.

“매우 뜻깊은 이야기를 들을 수 있었고 공부가 됐어. 앞으로도 계속 거래하게 될 것 같은데 잘 부탁해.”

케니스의 언동을 통해 라티나는 자신이 해야 할 말은 사죄뿐만이 아님을 알아차린 것 같았다. 그녀는 얼굴을 들고서 얀을 향해 분명하게 말했다.

“오늘은 감사했습니다.”

이리하여 첫 외출의 추억은 라티나에게 조금 씁쓸한 실패의 기억도 포함되게 되었다.

돌아가는 마차 안, 별로 말이 없는 라티나를 데일은 자신의 무릎 위에 앉혔다.

라티나는 자신을 야단쳐야 한다고 말했지만 케니스가 이미 꾸짖은 뒤였다. 그렇다면 자신은 어르기만 해도 될 것이라고 판단했다.

그저 자신이 『딸바보』라서 그런 게 아니라 역할 분담의 관점에서 그랬다. 주위의 모든 어른에게 꾸중을 들으면 도망칠 곳이 없어진다. 그것은 피해야 했다.

"라티나가 무사한 것만으로도 나는 다행이라고 생각해."

"데일…… 미안해."

"나도 라티나를 바로 찾아 주지 못해서 미안."

그러고 나서 뭐라고 말할지 고민했다.

라티나가 기대했던 이 외출을 이렇게 슬픈 얼굴로 끝내는 것은 데일의 본의가 아니었다.

"……동물 봐서 즐거웠어?"

"응."

"크로이츠에서는 흔히 볼 수 없는 동물들이었지. 지게는 어땠어? 크로이츠랑은 분위기가 달랐지?"

"응. 크로이츠보다 뭔가 여유로웠어."

"그런가. 언제 라티나랑 다른 마을에도 놀러 갈 수 있으면 좋겠다. 내 고향은 산속에 있어."

"산?"

"그래."

관심 있을 듯한 방향으로 이야기를 돌렸더니 잘 따라와 줬다. 데일은 안도하며 이야기를 계속했다. 즐거운 일도 잔뜩 있었을 텐데 실수한 추억으로 끝내 버리기는 너무 아깝다.

데일의 그 의도는 목소리가 들리는 마부석의 케니스에게도 전달되었는지 그도 입가에 웃음을 머금었다.

그건 그렇고, 라티나는 헛간에 들어가 버린 자세한 이유를 아직 확실하게 말하지 않은 상태였다.

자신의 잘못을 이해하는 라티나에게는 사죄가 첫째였고, 자칫 잘못하면 변명이 되어 버리는 상황은 바라지 않았기 때문이다.

그래서 데일은 이때 마침내 라티나가 이성과 자제심을 잃은 이유를 알았다.

"토끼가 있었어?"

"응. 복슬복슬하고 작아서 귀여웠어."

"그렇게 말하는 라티나가 귀엽지만 말이지."

역시나 약속된 대사가 나왔다.

"더 가까이에서 보고 싶어서 쫓아가 버렸어."

"라티나는 정말로 동물을 좋아하는구나."

고양이가 아니라 토끼일 줄은 몰랐다고 생각하면서 한편으로 데일은 매우 납득했다.

좀처럼 실수하지 않는 야무진 라티나지만 나이에 걸맞은 얼굴을 보여 줄 때도 있었다. 고양이 같은 동물이 엮이면 약간 폭주하지만, 그것도 평소의 생활 태도를 생각하면 충분히 만회가 되었다.

"토끼, 또 볼 수 있으면 좋겠다."

"응."

"어땠는지 리타한테도 얘기해 줄 수 있겠네."

"그림 그릴 거야. 일기에도 쓸 거야."

"그런가. 쓸 게 잔뜩 있네."

가는 길에 그랬던 것처럼 마차는 졸음을 유발하는 단조로운 리듬으로 흔들렸다. 그러나 갈 때와는 다르게 라티나는 졸리지 않은 것 같았다. 낮잠을 잘 수 있었던 것도 결과적으로는 좋은 일이었다고 할 수 있으리라.

해가 기울어 노을빛으로 물들기 직전인 하늘은 연노란색을 띠고 있었다.

외벽에 둘러싸였고 건물이 밀집해 있는 크로이츠에서는 흔히 볼 수 없는 웅대한 해 질 녘 하늘. 그런 경치를 즐길 여유가 생긴 것도 좋은 일이었다.

어릴 적 했던 사소한 실수도 어른이 되어서는 그런 일도 있었다며 추억할 수 있게 될 것이다.

데일은 그렇게 생각하며 미소 짓고 길 앞쪽을 가리켰다.

우뚝 선 외벽은 색다름과 위용을 겸비한 훌륭한 건축물이었다. 평소에는 안쪽에서 보는 그 벽을 밖에서 보는 것도 좀처럼 없는 일이었다.

데일이 가리킨 것이 무엇인지를 알아차리고 라티나의 표정도 빛났다.

돌아갈 장소가 있기에 멀리 나가는 것도『외출』로서 즐길 수 있다.
이리하여 라티나의 첫 외출은 실패와 발견, 새로운 체험과 성장이라는 큰 성과를 남기고 끝났다.

물론「다녀왔습니다」라고 말할 때까지가 외출이지만, 라티나는 플래그 등을 발생시키는 일 없이 무사히「다녀왔습니다」에 이르렀다.

5. 어떤 작은 에필로그.
이야기의 그 후,

라반드국 제2의 도시라고 불리는 규모를 자랑하는 크로이츠에는 『춤추는 범고양이』라는 술집 겸 여관이 있다. 크로이츠는 여행자와 모험가처럼 외부에서 찾아오는 자들을 우대하며 발전한 도시였다. 그래서 크로이츠에는 매일 많은 여행자가 찾아왔다.

이 가게의 입구에 걸린 천마가 그려진 녹색 깃발은 정보를 관장하며 여행자를 수호하는 신인 『초록의 신』의 출장 기관임을 나타냈다. 신전에서 개시(開示)한 많은 정보를 얻을 수 있는 장소로, 많은 이가 이용하는 공적 기관에 가까운 역할을 담당했다.

그러나 『춤추는 범고양이』에 많은 손님이 모이는 이유는 그뿐만이 아니었다. 저렴한 요금과 변두리 술집이라고는 생각할 수 없을 만큼 좋은 요리도 인기의 이유였다.

주방에서 실력을 발휘하는 가게 주인은 젊었을 때는 모험가로서 전투 도끼를 휘두르기도 했다는 소문도 수긍이 갈 만한 체격의 소유자였다. 가게의 주요 고객층은 쉽게 혈기를 부리는 거친 모험가들이었지만, 술이 들어간 그런 족속들도 제지 가능한 호방함도 겸비한 남자였다.

"카운터석 요리 다 됐어."

"네~."

밝은 목소리로 대답하고 차례차례 그릇을 옮기는 종업원의 모습도 장사 잘되는 가게의 점원답게 빠릿빠릿했다. 가느다란 팔에 버거워 보일 만큼 많은 요리와 맥주잔을 들고서 혼잡한 손님들 사이를 휙휙 빠져나가며 안정감 있게 날랐다.

"아가씨, 미인이네."

취객이 상스럽게 웃으며 뻗은 손을 슬쩍 피하는 것도 능숙했다. 어릴 때부터 이 가게에서 자란 그녀에게는 취객을 상대하는 것도 익숙한 일이었다.

단골손님 몇 명이 그런 광경을 보고서 그 손님이 신참임을 깨닫고 못되게 웃었다.

오랜 단골손님은 다들 그녀의 배후에서 대단히 무서운 존재가 눈을 빛내고 있음을 알았다. 최근에는 바빠 가게에 얼굴을 잘 내비치지 않지만, 어떤 사소한 일이더라도 그녀에게 위해가 가해졌음을 알면 땅끝에서도 날아올 존재였다. 마왕보다 무서운 존재이니 대마왕이라고 불러도 지장이 없을 것이라고 단골손님들이 생각하는 그를 세상 사람들은 일반적으로 영웅이라는 호칭으로 불렀다.

"라티나, 다음 그릇 나왔어."

"네~."

겹겹이 쌓인 다 먹은 그릇을 들고 주방으로 돌아가는 그녀의 등에서는 하나로 묶인 백금색 머리카락이 기운찬 망아지의 꼬리처럼 즐겁게 흔들렸다.

크로이츠가 아무리 도회지여도 야간에 돌아다니는 사람은 한정적이다. 가로등 불빛도 제한적이라 밤에는 몹시 어두웠다. 치안 문제도 있어서 술집이라고는 해도 무한정 영업하지는 않았다. 『춤추는 범고양이』가 여관을 겸하고는 있지만 손님들은 밤이 깊기 전에 술자리를 파하고 각자의 보금자리로 돌아갔다.

휴우 하고 한숨을 한 번 쉬고서 라티나는 다음 일로 넘어갔다. 더러워진 식탁을 솜씨 좋게 닦고 바닥도 깨끗이 청소해 나갔다. 손님이 별로 없는 낮에 꼼꼼히 청소하기에 가볍게 쓸고 닦을 뿐이었지만, 너무 시간을 들였다가는 취침 시간에 영향을 줘서 다음 날 영업에 차질이 생긴다. 몸에 밴 움직임은 매우 효율적이라 그녀는 금세 작업을 끝내고서 만족스럽게 가게 안을 둘러보았다.

다음은 주방을 정리하려고 뒤돌자 따뜻한 김이 피어오르는 컵이 쑥 내밀어졌다. 자신보다 큰, 컵을 든 상대를 올려다보고 라티나는 난처한 목소리를 냈다.

"주방 정리 끝나 버렸어? 늦었네, 미안."

"사과할 필요는 없어."

난처하다기보다도 아쉽다는 감정이 맞지 않을까.

오래 알고 지내 라티나의 그런 감정을 올바르게 간파한 그는 쓴웃음에 가까운 표정을 지었다.

"데일은 더 걸린대?"

"응. 이번에는 꽤 걸린다나 봐. 귀족 흉내는 자기 체질이 아니라면서 엄청 투덜거렸지만 다른 사람에게 맡길 수도 없어서."

그렇게 말하고 미소 짓는 라티나의 얼굴에서 이번에는 옆에 없는 데일을 향한 확실한 신뢰가 느껴졌다. 변함없이 사이가 좋은 것 같았다.

양손으로 컵을 든 라티나는 매우 기뻐하는 얼굴이 되었다.

크림색 도자기 컵은 살짝 둥그스름한 형태가 마음에 들어서 그녀가 구입한 것이었다. 같은 공방에서 만들었지만 형태가 다른 진갈색 컵을 데일용으로 함께 샀었고, 질감이 똑같다는 사소한 커플 세트 느낌이 마음에 들었던 컵이었다.

"데일의 컵은 설거지하다가 손이 미끄러져서 떨어뜨려 버렸었지……."

"한동안 의기소침했었지."

"데일은 신경 쓰지 않는다며 웃어 줬지만……."

"깨뜨린 사람이 라티나라서 그랬겠지. 내가 깨뜨렸으면 두고두고 구시렁거렸을 거야."

그의 대답을 듣고 그 무렵을 떠올렸는지 라티나는 작게 쿡쿡 웃었다.

그런 모습도 기억 속과 전혀 다르지 않아서 그도 웃었다.

그리고 그 웃음이 살짝 씁쓸하게 바뀌어 버리는 것도 어쩔 수 없었다.

어릴 때부터 알고 있었던 사실이다. 새삼 재확인했다고 해서 어쩔 도리도 없었다.

"맨날 장난만 쳐서 데일한테 늘 혼났었지."
"데일이 어른스럽지 못한 거 아닐까?"
"그럴지도 모르겠네."
한바탕 웃은 후, 라티나는 다정한 얼굴로 눈앞에 있는 그를 보았다. 자신보다 훨씬 키가 큰 장년기에 들어선 남자를 향해 마치 엄마처럼 자상하게 웃었다.

"옛날처럼 『누나』라고 불러도 돼, 테오."

그렇게 불린 테오도르는 더더욱 곤란한 얼굴이 되었다. 자신이 어렸을 때부터 외모가 변함없는 이 『누나』는 여전히 소녀 같은 생기발랄함을 간직하고 있었다.
테오도르가 부친에게 물려받은 체격을 살려 젊은 시절에 한때 모험가 일을 했던 것은 언젠가 가업을 잇기 전에 『모험가』에 관해 깊이 알기 위해서였지만, 그때도 부모님보다 더 자신을 걱정했던 사람이 이 누나였다. 겉모습의 나이 차는 한참 전에 역전했는데도 그녀에게 자신은 여전히 보호받아야 할 존재인 모양이었다.
"사정을 모르는 손님이 곤혹스러워할 거야."
겉모습만 보면 아빠와 딸이라고 해도 이상하지 않았다. 그 자각은 라티나에게도 있는 듯했다. 미소 지으며 수긍했다.
"그러네."

“그리고 어쨌든 영주 부인인데 그렇게 부를 수는 없잖아.”

“영주라고 해도 작은 마을인걸. 정말 아무것도 없어서 나로서는 그냥 큰 가게를 경영하는 감각인데…….”

데일이 그의 공적으로 받은 변두리 토지는 아직도 개간 중이었다. 할 일이 너무 많아 하루하루가 바쁘고, 다른 사람의 눈길이 닿기 힘든 외떨어진 입지라서 두 사람은 일반적인 『영주 부부』와는 성질이 다른 생활을 만끽하고 있었다. 데일에 이르러서는 노동자들 사이에 섞여서 개간 작업에 힘쓰기도 했다. 그의 특기인 『땅』 속성 마법이 그런 작업에 탁월하다는 것이 기본적인 변명이었다.

“나나 데일이나 지시만 내리기보다도 함께 일하는 게 마음이 편하니까…….”

그렇게 말하는 것도 옛날부터 전혀 변함이 없었다.

데일이 『귀족다운』 일을 하러 왕도에 가게 됐다며 『춤추는 범고양이』에 나타난 라티나는 그가 일을 끝낼 동안 예전에 살던 이 가게에서 지내겠다고 선언했다. 「휴식을 만끽하기로 했어!」라고 테오도르에게 말하면서 왕년의 실력이 녹슬지 않았다는 듯 당연하게 주방 일을 돕고 홀에 나갔다.

휴식이란 과연 무엇일까 하는 생각이 들긴 하지만, 그런 모습도 『누나』다워서 테오도르는 쓴웃음을 지을 수밖에 없었다.

애초에 테오도르는 아름답고 상냥한 이 누나에게 약했다.

테오도르는 어릴 때부터 라티나를 매우 좋아했다.

반항기니 뭐니 했던 시기도 까마득해진 지금은 괜히 쑥스러워하거나 거리껴 봤자 별 의미가 없음을 알고 있었다. 가족에 대한 다정한 호의를 부정할 필요성은 찾을 수 없었다.

그녀는 정말로 변하지 않은 것처럼 보인다.

아마 앞으로도 그럴 것이다.

자신이 늙은 뒤에도. 아마 그 후에도.

모든 것은 한정된 시간 속의 일이다. 그렇다면 자신은 그녀가 웃을 수 있도록, 베풀어 주는 호의를 호의로 보답할 수밖에 없다.

첫사랑 상대이기도 한 소중한 그녀에게 『남동생』으로서 보답할 뿐이다.

†

며칠간의 체재를 끝내고 라티나는 큼직한 가방 하나에 짐을 담아 아침 준비도 시작되지 않은 『범고양이』를 나섰다. 『범고양이』 가게 앞에서 테오도르와 나누는 작별 인사는 가까운 곳에 다녀오듯 가벼웠다.

"그럼 테오, 또 보자."

"그래."

테오도르도 그런 인사에 가볍게 대답했다.

"다음에는 에마 얼굴도 보러 가 줘."

"응."

결혼하여 이웃 마을에 사는 여동생과는 테오도르도 좀처럼 만나지 못했다. 애초에 일반인 대부분은 마을에서 나가는 일이 거의 없었다. 그런 점에서는 멀리 살면서도 가볍게 찾아오는 이 누나 쪽이 기회가 더 많았다.

그렇게 라티나가 발걸음을 내디디려고 했을 때, 테오도르가 약간 망설이는 어조로 말했다.

"데일한테도……."

"응?"

"데일한테도 가끔은 얼굴 내비치라고 해 줘. 직접 말은 안 하지만 아버지가 늘 신경 쓰고 있어."

"……응. 말해 둘게."

그렇게 대답하고 라티나는 미소 지었다. 작게 손을 흔들고서 테오도르에게 작별 인사를 하고 걷기 시작했다.

그 뒷모습은 테오도르가 어릴 때 봤던, 멀리 떠나는 그녀를 배웅했을 때의 뒷모습과 비슷해 보였다.

라티나가 크로이츠 밖으로 나가자 외벽에 기대선 채 기다리고 있던 검은색 가죽 코트 차림의 청년이 이쪽을 보았다. 그녀에게는 눈에 익은 친숙한 모습이지만 최근에는 이 『외출복』일 때가 드물었다.

"미안해. 많이 기다렸어?"

"아니, 내가 일찍 도착했을 뿐이야."

"……제대로 쉬었어?"

라티나의 그 질문에는 대답할 마음이 없는지 데일은 눈을 피했다. 그녀에게 거짓말하고 싶지는 않아서 노골적인 동작으로 얼버무렸다. 그런 어린애 같은 태도는 이제 아예 버릇이 되어 버린 모양이었다.

데일은 라티나가 들고 있던 짐을 받으며 결국 질문에는 답하지 않고 다른 말을 꺼냈다.

"빈트를 불러서 돌아갈까?"

"아니. 도로의 완성 상황도 확인하고 싶으니까 걸어서 돌아가자."

"돌아가면 또 일하느라 바쁠 테니 말이지."

그렇게 말하고 웃은 데일과 라티나는 나란히 걷기 시작했다.

"테오, 건강해 보였어."

"그래."

"가끔은 데일도 얼굴 보이라고 하더라. 케니스가 신경 쓰고 있대."

"……그래. 그래야지."

언제부터인가 데일은 크로이츠 안에 들어가기를 피하게 되었다.

라티나는 그것을 깨달았을 때부터 오히려 시간을 만들어 오랜 지인들을 찾아가게 되었다. 만날 수 없게 된 데일의 몫까지, 소중한 사람들의 근황을 확인하며 다녔다.

그래야만 한다고 생각했다.

"안 만나고 후회하기보다는 만나는 편이 좋아. 분명."

"……그럴지도 모르지."

그래도 라티나에게는 자신을 책망하는 마음이 있었다.

데일이 이런 번뇌를 품게 된 발단은 전부 『자신의 이기심』이었다.

조금이라도 그의 마음이 구원받기를 바랐다.

"그런 얼굴 하지 마, 라티나. 나는 괜찮아."

그렇게 걱정하는 것이 얼굴에 드러나서 데일은 짐짓 밝게 웃었다. 손을 잡아당겨 라티나의 머리를 가볍게 쓰다듬었다.

"솔직히 말해서 마음이 복잡하긴 하지만. 이런 기분을 라티나 혼자 맛보지 않아서 다행이라는 마음이 더 커."

"데일……."

"그러니까 나는 괜찮아."

그렇게 반복해서 웃는 데일을 라티나는 올려다보았다. 눈을 피하지 않고 똑바로 그를 보고 생각했다.

그리고 라티나는 미소 지었다.

데일의 검은 눈 속에 비친 자신은 예쁘게 미소 짓고 있는 것처럼 보였다.

시간 속에 홀로 남는 공포를 자신은 누구보다도 잘 알고 있었다.

그런 업을 자신을 위해 짊어진 그에게 해야 할 말은 사죄가 아니었다.

“나와 함께 있기를 택해 줘서 고마워, 데일.”

그래서 라티나는 마음을 담아 감사를 전했다.

앞으로도 잊지 않고 전할 것이다.

이 행운이, 행복한 시간이 결코 『당연』히 얻게 된 것이 아님을 잊지 않을 것이다. 당연하다고 생각해서는 안 된다.

사죄가 아니라 지금 무척 행복하다고 전하리라. 해야만 하는 일이었고, 자신이 할 수 있는, 당연하지만 무엇으로도 대신할 수 없는 소중한 일이었다.

“그래. 앞으로도 잘 부탁해.”

그렇게 대답한 데일은 잡은 손에 힘을 주었다. 다정한 미소를 서로 주고받았다.

그리하여 두 사람은 자신들의 『집』으로 돌아가기 시작했다.

언젠가 그곳을 자신들은 새로운 『고향』이라고 부르게 될 것이다. 그리고 많은 이의 『고향』이 될 것이다.

누구에게나 『당연』한 일상을 보낼 수 있는 상냥한 장소가 되면 좋겠다. 그런 바람을 담아 만들고 있는 장소였다.

그런 장소를 향해 두 사람은 손을 잡고 걸어 나갔다.

■작가 후기

「바람 불면 나무통 장수가 돈 번다[#1]」라는 말이 있는데, 그런 말을 하던 무렵의 저는 설마 사태가 이렇게 커질 줄은 생각도 못 했습니다.

많은 분께는 안녕하세요, 어쩌면 처음 뵙겠습니다. CHIROLU라고 합니다. 이번에 이렇게 졸작 『우리 딸을 위해서라면, 나는 마왕도 쓰러뜨릴 수 있을지 몰라.』 9권을 구매해 주셔서 진심으로 감사합니다.

전권의 후기에서 말씀드린 대로 이번 권은 어른의 사정으로 나온 단편집입니다. 애니메이션이라는 매체를 통해 본작을 보게 되신 분도 있겠죠. 감사한 일입니다.

스마트폰을 손에 들고 인터넷 한구석에서 취미로 쓰기 시작했던 소설을 이렇게 많은 분께서 보시게 된 것에 여전히 「무슨 일이 일어난 거지」 하는 심경을 감출 수 없습니다. 서적화를 비롯해 만화, 드라마 CD, 해외판, 그리고 애니메이션 제작. 다양한 매체로 만들어질 기회를 얻게 되어 대단히 영광스럽고 행복한 작품이 되었다고 생각할 따름입니다.

#1 바람 불면 나무통 장수가 돈 번다 어떤 일이 돌고 돌아 의외의 곳에 영향을 준다는 일본 속담.

이것도 전부 졸작을 사랑해 주신 여러분 덕분입니다. 정말로 감사합니다.

운동회에 갔었던 그 무렵의 저는 설마 이런 미래가 기다릴 줄은 상상도 못 했습니다. 다음에 불 『바람』은 어떤 일을 일으킬까요?

마지막으로 다양한 제 요청에 언제나 상상 이상의 미려한 일러스트로 응답해 주신 케이 님. 사랑스러운 트윈테일 소녀를 그려 주신 트뤼프 님. 작가보다 더 뜨겁게 작품을 밀어주신 편집자 N 님. 그 외 이 작품에 관여해 주신 많은 분께 최대한의 감사 인사를 올리고 싶습니다.

그리고 무엇보다도 수많은 작품 중에서 이 작품을 골라 주신 여러분께 깊이깊이 진심으로 감사드릴 따름입니다.

조금이나마 『우리 딸』을 보며 여러분께서 마음 따뜻한 시간을 보내셨다면 좋겠습니다.

2019년 8월 CHIROLU

우리 딸을 위해서라면, 나는 마왕도 쓰러뜨릴 수 있을지 몰라. 9

1판 1쇄 발행 2020년 1월 20일
1판 2쇄 발행 2020년 7월 24일

지은이_ CHIROLU
일러스트_ Kei
옮긴이_ 송재희

발행인_ 신현호
편집부장_ 윤영천
편집진행_ 김기준 · 김승신 · 원현선 · 권세라 · 유재슬
편집디자인_ 양우연
국제업무_ 정아라 · 전은지
관리 · 영업_ 김민원 · 조은걸 · 조인희

펴낸곳_ (주)디앤씨미디어
등록_ 2002년 4월 25일 제20-260호
주소_ 서울시 구로구 디지털로 26길 111 JnK디지털타워 503호
전화_ 02-333-2513(대표)
팩시밀리_ 02-333-2514
이메일_ lnovelpiya@naver.com
L노벨 공식 카페_ http://cafe.naver.com/lnovel11

ISBN 979-11-278-5400-3 04830
ISBN 979-11-278-2428-0 (세트)

값 9,800원